ショットガン・ナウル

「……えっ？」
七瀬レナ
ななせ・れな

「はいはい、どちら様ですか？」
（エヴァ・スミス）

今回の映画祭の女優賞は——
「……嘘、だよね」

「レナ、勝負だね」
（ヴィクトリア・ミラー）

「桐谷くん。
君はどうしてるかな？

夢を叶えてるかな?
Bang
私ね――」

CONTENTS

ショットガン・ナウル

三月みどり
原作・監修：Chinozo

MF文庫J

まえがき

こんにちは、はじめまして。

原曲の「ショットガン・ナウル」を作った、Chinozoと申します。

今作もお手にとっていただき、ありがとうございます。

本作では、ついに七瀬レナが主人公に！

レナを主人公にした物語は想像してましたが、ショットガン・ナウルだったとは予想外だったんじゃないでしょうか。

彼女が渡米した後に、夢に向かって悩みもがく姿が描かれております。

三月先生には、僕が本楽曲に込めた気持ち、それからレナが主人公の物語を見たいというわがままを聞いていただき、そこから最高のストーリーを仕立てていただきました。大感謝しかありません。

らーぱっぱ

キラキラ

クリティカルビッツ

天真爛漫なレナ、そんな彼女の色んな感情起伏が見れるのが本作の魅力。

僕自身もとても考えさせられる作品になりましたので、ぜひ楽しんでいただきたいです。

それでは小説「ショットガン・ナウル」、どうぞ～！

らーぱっぱ

［原作・監修］Chinozo

キラキラ

クリティカルヒッツ

［口絵・本文イラスト］アルセチカ

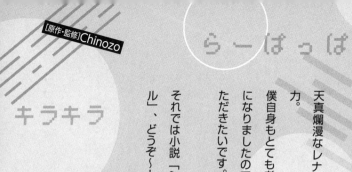

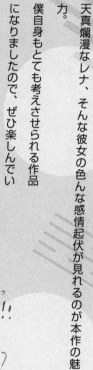

○プロローグ

夢を叶《かな》えるには何が一番大切だと思う？
こう訊《き》かれた時、人々はどう答えるだろう。
類《たぐい》まれな才能？
それとも果てしないほどの努力？
確かに、才能があればあるほど夢が叶いそうな気がするよね。
努力しないよりも頑張って努力した方が、同じように夢が叶いそうだよね。
じゃあ才能がなければ、夢は叶わないの？
ただ努力さえしていれば、絶対に夢が叶うの？
夢ってどうやったら叶えられるんだろう。
夢を叶えるためだけに海を渡って、夢を叶えるためだけに日々を送っていた私はそんな風に悩んだことがあった。
でもね、色んな人たちと関わって、色んな経験をしていくうちにわかったんだ。
夢を叶えるために一番大切なことはね――。

第一章　夢

「アメリカ、とうちゃーく！」

私――七瀬《ななせ》レナはロサンゼルス空港のロビーで、日本語で声を大にして言った。ここまで来るのに、日本から飛行機で移動すること、なんと約十時間。

いやぁ、長い旅だったな～。

当然ながら行き交う人たちは外国人ばかりで、標識も英語で書かれたものばかり。

まだ空港内なのに、アメリカに来たって感じがして思わず叫んだら、なんだこいつ、みたいな目で見られちゃった。

いけない、いけない。アメリカに来て早々不審者扱いされたくないからね。

今後は気をつけなきゃ。

それから私はスマホのメモ帳を開いて、次の目的地――私がこれから住む予定のアパートまでの行き方を確認する。

うんうん、なるほど。次は電車で移動すればいいんだね。

「いざ！　行くぞー！」

また日本語で気合を入れた声で言葉にすると、周りの人たちからさっきと同じように怪しまれちゃった。……次からは本当に気をつけよう。うん。

けれど、私がこうして変になってしまうのも仕方がない。

ここは私がずっと焦がれていた地で、これから私はずっと叶《かな》えたかった夢に挑戦するんだから。

中学生の頃、私は一本の映画がきっかけで女優を夢見るようになった。

でも、ただの女優じゃないよ。みんなが憧れるハリウッド女優。

その夢を叶えるために、私は中学生の途中から高校卒業まで『夕凪《ゆうなぎ》』っていうプロの劇団に所属して、自分の演技を磨く日々を送っていた。

そしたら高校三年生の途中で、劇団の団長からアメリカ留学の話をもらったんだ。

なんでも団長の知り合いにアメリカの芸能事務所で働いている日本人の女性がいて、その人が帰国した時に『夕凪』の演劇を見て、ありがたいことに私の演技を気に入ってくれたみたい。

それで団長づてに、知り合いの人から芸能事務所のオーディションを受けてみないか？と誘われて、高校卒業後に私はそれを受けることにしたの。

もし受かったら、ハリウッド女優になりたいっていう夢に大きく近づくからね。

逆に落ちたら、そこからどうしようって感じだけど……でも、すぐに日本に帰るつもりはないよ。

何年間かはアメリカにいられるように、『夕凪《ゆうなぎ》』にいた頃にもらったお金はたっぷり貯《た》めているから。

それに団長と両親には「夢を叶《かな》えてくる!」って見得を切っちゃってるし、なんなら一番大事な友達にも、同じようにハリウッド女優になってくるって言っちゃったし。

でも、両親とは一つだけ約束をしている。

ひとまず一年経《た》って、夢を叶えられそうな道筋が全く見えないような……そんな最悪な状況になってしまっていたら、絶対に日本に帰るという約束。

だから、もし最悪な状況になったら……その時は悔しいけど、もう一度日本に帰ってまた夢を叶えるためにやり直すしかない。両親からは、もし約束を破ったら親子の縁を切っちゃうぞ! って言われちゃってるからね。

……でも、きっと大丈夫!

なんとなくだけど、オーディションには受かる気がしてるから。

そのための準備もちゃんとしてきたからね。もちろん英語も、こっちで語学学校に通う予定ではあるけど、高校時代に三年間、ずっとネイティブの先生に教わる英会話教室にみっちり通ってたから、ほとんど問題なし。

なんなら飛行機の中で、隣の外国人の女性とちょっと楽しく会話できちゃったし。

だから、ちゃんと自分の演技をしたらオーディションだって受かるはず!

……とオーディションへの気合は充分なんだけど。

空港内のお店にすごく美味《おい》しそうなお菓子とか沢山あって、思わず買っちゃったよ！　歩いていたらお土産屋さんっぽいところがあって、お洒落《しゃれ》で美味しそうなキャンディやらチョコレートやらがあったから衝動買いしてしまった。

これがアメリカンマジック。なんて恐ろしいんだぁ……とか思っていたら。

――あれ、おかしいな。

お菓子たちをスーツケースの中に入れようと思ったんだけど、何故《なぜ》かどこにも見当たらない。不思議に思って、もう一度自分の周りを見回す……やっぱりない。

えーと、嘘《うそ》だよね。これってまさか――誰かに盗まれた!?

まずい！　これはものすごーくまずい！

スーツケースにはパスポートだったりお金だったり大事な物が沢山入っているのに！

どうしよう……こういう時って、どうすればいいいんだろう。

やばいよ！　いきなりピンチだよ！

一人であわあわしていると、そんな私の様子が面白かったのか周りの人たちはちょっと笑っていた。いやいや笑い事じゃないんだよ～。

「Hey you（ちょっとアンタ）」

この世の終わりみたいに頭を抱えていたら、不意に誰かから声をかけられた。

視線を向けると、そこには思わず驚いてしまうほど美しい女性が立っていた。

綺麗《きれい》な金色の長い髪はツインテールにしており、瞳は宝石みたいにキラキラしている。

色白の肌、芸能人みたいな端整な顔立ち。美人過ぎて、思わず見とれてしまった。

「……綺麗な人」

なんなら、つい日本語で口にまで出してしまった。咄嗟《とっさ》には、まだ日本語が出ちゃうんだけど……おかげで相手になんて言ったかわからないから良かったかな。

「アンタ、日本人なのね。褒めてくれてありがと」

「えっ……」

しかし急に目の前の女性が日本語を喋《しゃべ》り始めて困惑する。……ひょっとしてまだここって日本の空港だった？　私はまだロサンゼルスに来てなかったの？

「なんか色々混乱してそうなところ悪いんだけど、これアンタの荷物でしょ？」

女性はそのまま日本語で話しながら、スーツケースを差し出してきた。

「あっ、私の荷物だ！　どうしてあなたが持ってるの？　あっ、ひょっとしてあなたが私の荷物を盗んで――」

「違うわよ！　アタシはアンタがよそ見して盗まれそうになっていた、アンタの荷物を取り返してあげたの！」

　私の言葉に、女性はかなりキレ気味で伝えてきた。ちなみに、お互いずっと日本語で会話している。今から英語に変えるのもおかしい気がするし、それに彼女が英語を喋れないって可能性が……それはないか。私を呼んだ時は英語だったからね。

「私の荷物を取り返したって……そ、そうなの……？」

「そうよ、犯人の男には逃げられたけどね。急所に一発蹴り入れてやったのに……」

　最後の発言に、私は背筋がゾワッとした。

　スタイルが良くて、こういうのもあれだけど喧嘩《けんか》とか強そうな感じじゃないのに、どうやって荷物を取り返してくれたんだろうって思ったけど……うん、なるほど。

「ていうか、そもそも犯人がわざわざ返しに来るわけないでしょうが」

「た、確かに。その……ご、ごめんなさい」

　女性の言葉に納得すると同時に、申し訳なくなって謝る。

「別にいいわよ。海外でトラブルが起きたら誰だって冷静じゃいられないだろうし」

　私のことをフォローしてくれながら、女性はスーツケースを渡してくれる。

　なんだこの人、最初は恐《こわ》そうって思ったけど優しすぎるよ～。

「もしかしてあなたって、自由の女神様？」

「自由の女神はニューヨークにあるのよ。観光ついでに行ってみたら？」

仲良くなりたくなってフレンドリーに接してみたら、サバサバした感じで返された。

うぅ……なんか悲しい。

「それにしても、今日は暑いのになんでパーカーなんて着てるのよ」

女性は私が着ている白いパーカーを見ながら、不思議そうに訊《き》いてくる。

「これはね、私のトレードマークだからだよ！」

自慢げに答えると、彼女は「ふーん」と興味なさそうだった。自分から訊いてきたのに、ちょっと酷《ひど》いよぉ。

「あっ、そういえばどうして日本語を話せるの？」

「母親が日本人なのよ。ただそれだけ」

女性は答えると、身に着けていた腕時計を確認する。

ひょっとして、何か用事があるのかな。

「じゃあアタシはもう行くから。今度は盗まれないようにしなさいよ」

「うん！　ありがとう！」

それから女性が立ち去ろうとする——が、なぜか途中で止まって、じっとこっちを見てきた。……な、なに。どうしたの？

「……やっぱり気のせいね」

結構長い時間、私の顔を眺めたあと、女性は「じゃあね」と告げて今度こそ去って行った。……一体なんだったんだろう？　でもあの人すごく良い人だったし、まあいっか。

それにしても、彼女の雰囲気とか誰かに似ているような……って、こんなこと考えている場合じゃないや。トラブルはあったけど、私もそろそろ出発しないと。

と言っても、大家さんとの約束で夜までにはアパートに着いたら良くて、いまはまだ朝。トラブルが起きなかったら、余裕を持ってアパートに到着できる。

しかも今日はすでに一回トラブルが起きたし、もう起きないよね！

だから、逆にさっきトラブルが起きてくれて良かったよ！

よし！　そうとわかれば楽しく私の拠点までレッツゴー！

◇◇◇

トラブルだぁ～！

日本では見られないようなアメリカ特有の建物に囲まれながら、私はまた頭を抱えていた。言葉通り、またトラブルが起きてしまったのである。

しかも、空港の時と同じくらい、いやそれ以上のビッグトラブルだ。

空港から駅まで歩いて予定通り、電車に乗ったままでは良くて、さらには目的地のロサンゼルス北部にあるアパートの最寄り駅に着いたままでも良くて、さらには近くの喫茶店に入って難なく英語で注文を取ってお昼ご飯を食べたまでも良かった。

それなのに、私はいまスマホのマップを頼りに自分の拠点を探しているんだけど……。

全然見つからないよぉ。まだ夜までに時間があるとはいえ、困ったなぁ。

しかも、拠点を探している途中でスマホの電池切れちゃったし。携帯型の充電器は日本に置いてきちゃってるし。最悪だ〜。

アメリカに来て早々に、二回もトラブルに見舞われるなんて、ツイてないなぁ。

いや！　このトラブルはきっと神様がくれた試練に違いない！

スマホの充電し忘れてたとか、充電器を日本に置いて来ちゃったとか。

めちゃめちゃ自分のせいだけど、これは試練なんだ！

うん！　きっとそうに違いない！

自分の失態をポジティブに考えて、私は拠点探しを再開する。

私の拠点の外観は写真で見たから、見つけたら一瞬でわかるんだけどなぁ。

なんなら住所もわかっていて、何回か通りすがりの人に英語で訊《き》いてみたんだけど、残念ながら、みんな知らないって言うし……。

私が住むアパート、本当はないってことはないよね？

——とか、なんとか考えていたら、不意に喧嘩《けんか》してそうな男女を発見した。

スーツ姿の二十代中盤くらいの男性がなんか怒った感じで話していて、女性は帽子をかぶっているけど、ものすごく嫌そうな態度を取っている。

ちょっと距離が遠くて、二人が何を喋《しゃべ》っているかまでは私にはわからない。

……でも女の人、すごく困ってそうだなぁ。

正直、こんなことしている暇なんてないし、なんなら会話の内容すらわかっていない私が首を突っ込むのは、おかしいことだってわかってる。

——だけど！


私は困ってる人を見ちゃったら、じっとしてられないんだよね！


「こっち来て！」

走って女性の下へ駆け寄ると、英語で伝えてからそのまま彼女の手を引いて連れ出す。

すると、男性は不意を突かれて、急いで追いかけようとしたけど、なんとちょうど転がっていた石に躓《つまず》いて転倒。おかげで私たちは、だいぶ男性から離れることができた。

逃げている間、女性がどんな顔をしているか気になって、少しの間振り返ってみたら、残念なことに帽子のせいで口元しか見えなくて——でも、彼女は小さく笑っていた。

刹那、不思議と私の鼓動は跳ね上がったんだ。

◇◇◇

「ここまでくれば、もう大丈夫！」

男性の姿が完全に見えなくなったのち、念のため暫《しばら》く逃げてから、ようやく私たちは走ることを止《や》めた。体力には自信あるつもりだけど、結構疲れたなぁ。

あっ、そういえば女の人は！　と思って見てみると女の人はめちゃめちゃバテていた。

膝に手をついて、顔を下に向けながらぜぇぜぇと息をしている。

も、もしかして運動が得意じゃなかったのかな……。

「えーと……大丈夫？」

心配になって英語を使って訊《き》いてみると、俯《うつむ》きながらもこくこくと頷《うなず》いてくれた。

これは、大丈夫ってことかな。

「そ、その……ごめんね。急に走らせちゃって」

私が謝ると、またこくこくと頷いてくれる。でも……本当に大丈夫なのかな。逆にもっと心配になってきた――なんて思っていたら、彼女はようやく顔を上げた。

すると、彼女がかぶっていた帽子が落ちてしまい、バサッと銀色に輝く髪が現れる。

同時に、ずっと隠れていた彼女の顔も露《あら》わになった。

最初に感じたのは、年齢は私と同じくらいで、すごく可愛《かわい》い顔で、スタイルもすごくいいなってこと。

でも、次に感じたのは、なんというか……覇気がない子だなって思った。

眠たそうな目。だるそうな姿勢。

おまけに全身から放たれているぬぼーっとした雰囲気。

正直……あれ、こんな子だったんだ、って思っちゃった。

さっき一瞬だけ、彼女が笑ったところを見て、想像したのはもっとこう……存在感があるというか、そんな感じの女の子だったんだけど。うーん、私の勘違いだったのかな。

「あっ、やっちゃった」

女性はそう呟《つぶや》いたあと、冷静に帽子をかぶり直す。けれど、先ほどよりは浅めにかぶっているみたいで、私も含めて周囲の人たちから彼女の顔ははっきり見えている。

「別にこんなものなんていらないのに。オリバーはうるさいやつ」

また何か呟いてるけど……今度は声が小さすぎて聞こえない。

ひょ、ひょっとして、連れ出したのがマズかったのかな。

不安に思っていたら、彼女がツンツンと私を突っついてきた。な、なに!?

「え、えーと……な、なにかな？」

いきなりの出来事に驚きながら訊き返すと、

「暑そうだね。そのパーカー」

女性は私が着ているパーカーを指さしてくる。今日は気温が高いのに、そんな中でパーカーを着ている私を少し心配してくれてるのかもしれない。

「これは私のトレードマークなんだ！　だから着てるの！　でもこれくらいの暑さには慣れてるから平気だよ！」

「ふーん、そうなんだ。じゃあいっか。それよりアイス食べようよ」

女性が指さしたのは、アイスの屋台。こんな街中にアイスの屋台なんてあるんだぁ。

話になんの脈絡もなくて、ちょっとびっくりしたけど……ちょうど私も走り疲れて、甘いものを欲してるし、なんなら彼女には見栄《みえ》を張ったけど、正直まあまあ暑くて冷たいものも食べたいし——。

「いいよ！　一緒にアイス食べよう！」

「決まり。じゃあ一緒に来て」

急に女性にグイグイ引っ張られながら、私は彼女と一緒にアイスの屋台へ。

さっきから表情があまり変わらないからわかりにくいけど……この人、どんだけアイス食べたいの!?

それから私たちは、それぞれ食べたい味を頼んで、店主のおじさんからアイスを受け取った。っていうか、このおじさん。なんでピエロの格好でアイス売ってるんだろう。

不思議に思っていたら、ツンツンとまた女性から突っつかれた。

「ん？　どうしたの？」

「アイスのお金払って。ワタシ、いまお金持ってない」

「……」

予想外の発言に、私は言葉を失ってしまった。

だっていま初めて会って、しかも自分からアイスを一緒に食べようって言ってくれた人が、アイスを買うお金がないから、アイス代を払ってって……。

いや、二人分のアイスを買うお金くらいは持ってるんだけど……アイスを食べようって誘ってくれたのは、このためだったんだね。なんか悲しい。

心の中でしくしく泣きながらも、私は女性の分も含めてアイスの代金を支払った。

それから適当に置かれてあったベンチに座ろうとしていたら――。

「ようやく見つけたぞ！」

近くから男性の声が聞こえてきた。視線を向けると、そこにはさっき女性に怒っていたスーツ姿の男性が立っていた。やばっ！　逃げなくちゃ！　咄嗟《とっさ》にそう考えて、また私は女性と一緒に逃げようとする――が、彼女は動かず私を見て首を横に振った。

次いで、彼女はそのまま男性の下へ。

「いつも言っているが、オレに一言も言わずに街を散歩しに行ったり、勝手な行動はするな！　今日だって次の仕事が入っているんだぞ！」

「そうカリカリしない。アイス食べる？」

「いらんわ！」

男性はめっちゃ怒っているけど、それに女性は面倒くさそうに言葉を返している。

さっき見た感じのやり取りと似ているけど……ひょっとしてこれって彼女が悪いことをして、それで怒られてるのかな。だって男性の人、近くで見たらすごく真面目《まじめ》そうだし。

なんてことを思っていたら、男性はギロリとこっちを見てから私に近づいてきた。

「オマエ、さっきは余計なことやってくれたな！」

怒鳴り気味に言ってくる男性。ど、どうしよう。すごく怒ってるよ〜。

こういう時は……とりあえず仲良くなろうとした方がいいよね！

「え、えっと……私はレナ・ナナセ！　ぜひ友達になりましょう！」

「なるわけないだろ！　ふざけてるのか！」

男性に続けて怒られて、私は何も言えなくなる。この人、めっちゃ恐《こわ》いよ〜。

「オリバー、彼女はワタシをバカ真面目クソ野郎から助けようとしてくれたの。だから、いちいち怒らない」

女性はため息をつきながら、男性に話す。彼の名前、オリバーさんっていうんだ。

「おい、そのバカ真面目クソ野郎ってのは誰のことだ？」

「もちろんオリバーのこと。アイス食べる？」

「だから、いらんわ！」

二人は言い合っているけど……なんかちょっと楽しそう。

こういう光景を見ていると、日本にいた時の彼との日々を少し思い出しちゃうな。

「ったく、どいつもこいつも……。おい、さっさと次の仕事行くぞ」

「わかってる。アイス食べ終わるまで待って」

「そんなもん移動しながら食え。時間がないんだよ」

「しょうがないなぁ」

二人は会話を終えると、そのままこの場から去ろうとする。

たぶんいまの二人の話を聞いた限り、もう助ける必要はないと思う。というか、さっき彼女を連れ出したのだって、ひょっとしたら余計なお世話だったのかも。

「そういえばあなた、さっきオリバーに名前を言ってたけど、レナって言うのね」

あれこれ考えていたら、不意に女性に訊《き》かれた。

「そうだよ！　私はレナ・ナナセ！」

「そう。ワタシの名前はね、ヴィクトリア・ミラー」

はっきり名前を伝えると、女性も自身の名前を明かしてくれた。

……ヴィクトリアって言うんだ。

「レナ、楽しい時間をありがとう」

そう言ってくれたヴィクトリアは——笑った。

その笑みに、私はまた鼓動が速くなる。……さっきと同じだ。しかも笑った時に急にプレッシャーが強くなったというか……これ、一体なんだろう。

「じゃあね、レナ」

困惑していたら、ヴィクトリアは私に挨拶してまた歩き出そうとする。

でもその瞬間、私はあることを思い出して「あっ！」と声を上げてしまい、彼女は驚いたようにこっちを向いた。

そして、私はちょっと恥ずかしくなりながらも、彼女に伝えたんだ。

「その……実は迷子なんだけど、道を教えてくれないかな？」

◇◇◇

「なんとか辿《たど》り着いたぁ」

もうすっかり日が暮れて、綺麗《きれい》な夜空が見える頃。私はなんとか拠点のアパートにたどり着いた。……というのも、さっきヴィクトリアにメモしていたアパートの住所を見せつつ道を訊いたら、意外なことにオリバーさんが答えてくれて、しかも丁寧に地図まで書いてくれた。そんな彼に私がなんでこんなことしてくれるんだろう、みたいな顔をしていたら、オリバーさんは困ってるやつがいたら助けるもんだろ、って言ったんだ。

それを聞いて、おそらくこの人は見た目通り、真面目《まじめ》な人なんだなって思った。

ヴィクトリアに怒っていたのも、たぶん彼女が何かやらかしちゃったのかもしれない。

だって彼女、初対面の人にアイス奢《おご》れって言っちゃう人だし。

……あの二人って何者なんだろう。訊《き》いておけばよかったな。

それにしても、ヴィクトリアは不思議な人だったなぁ。

眠そうにしてるかと思ったら、笑ったら急にズキュンみたいな感じが来るし。

自分でも何言ってるかわからないけど、とにかくズキュンって来たんだよ。

そんなことを考えていたら、アパートの大家さんが現れて私を部屋の前まで案内してくれた。次いで、部屋の中にあるものの使い方は、先に住んでいる人に訊いてくれ、みたいなことを言って、大家さんは去っていった。

そう。私が暮らす予定の部屋は、二人一組で生活するための部屋。

つまり、ルームメイトがいるんだ。そっちの方が家賃は安くなるし、ついでに会話しながら英語力も鍛えられるからね。一人で暮らすより断然良いことずくめだ。

さてさて、私のルームメイトはどんな人かなぁ。ワクワクしながら、私はドアをノックする。次にドアの奥からガタガタと音がして――ドアが開いた。

そうして、現れたのは――。

「はいはい、どちら様ですか？」

「……えっ？」

私は目の前の相手に驚きを隠せなかった。同時に、相手も私に気づくと、かなり驚いた表情をしている。

そして咄嗟《とっさ》のことだったから彼女は英語で、私は日本語でそれぞれ言葉を口にした。

「アンタ、置き引きにあったやつじゃん」

「男の急所、蹴った人だ！」

◇◇◇

「へぇー、ハリウッド女優になるためにここまで来たのね」

リビングでポテトをパクパク食べながら、彼女はそう言った。

空港で助けてもらった女性と、まさかの再会をしたあと。私は彼女に自分の部屋やキッチンなどの使い方などを教えてもらって、いまは二人で話しながら晩ご飯を食べている。

今日は色々あって私は腹ペコだったけど、彼女の方もまだ晩ご飯を食べてなかったみたい。テーブルに置かれているのは、沢山のポテトとチキン。

それを見て、改めてアメリカに来たんだなぁって感じる。

ちなみに私が英語で話せるって彼女に伝えたから、もう二人の会話は常に英語で交わしている。あと部屋の広さについてだけど、2LDKと割と広めだ。

「そうなの。実は三日後に事務所のオーディションがあるんだ」

「もうすぐじゃない！　それは頑張らないといけないわね！」

その言葉に、私は「うん」と頷《うなず》く。今日会ったばかりなのにこんな風に励ましてくれて、見た目や話し方はツンツンしてそうだけど、やっぱり優しい人なんだなって思った。

「エヴァはさ、ハリウッド映画の脚本家を目指してるんだよね？」

私は女性――エヴァにそう訊《たず》ねる。名前はさっき部屋の案内とかをしてもらっている時に教えてもらった。名字はスミスらしい。あと、なんと私と同い年。

彼女が脚本家を目指しているってことも、同じように教えてもらった。

また、その時に私の名前や夢のことも彼女に教えている。

「そうよ。まあ全然結果は出てないけどね」

エヴァは少し悲しそうな表情を見せたあと、自身のことについて話してくれた。

彼女は高校時代に色んなプロダクションに脚本の持ち込みを繰り返していたら、結構有名な映画監督の目に留まって、彼が作った脚本家や俳優を育成するための劇団に入団した。

しかし、それから劇団の脚本を続けながら物語について学びつつ、持ち込みを繰り返しているが、なかなか結果が出てないみたい。

「アタシはね、元々そんなに小説とかそういう物語が好きじゃなかったのよ。どうせ偽物の話でしょって思ってたから」

「まあ、確かにそう言われればそうだね。……じゃあどうしていまは脚本家を目指そうと思ったの？」

私が訊《き》くと、エヴァは楽しそうに口元を緩ませた。

そして、こう答えたんだ。

「その偽物の話に、強引に感動させられたからよ」

それから今度は、エヴァは子供の頃の話を始めた。

彼女の地元は結構な田舎で、楽しめることといったら友達と一緒に一か所だけある小さな公園の遊具で遊ぶか、適当にスポーツをして遊ぶかの二択だったらしい。

娯楽はほとんどなかったみたい。

けれど、ある日。映画鑑賞が趣味の母親が図書館で映画を借りてきて、エヴァに一緒に見るように勧めてきた。こういうことは何回かあって、エヴァは必ず断っていたらしい。

理由は、さっき彼女が言った通り、偽物の話を見るのが嫌いだったから。

しかし、この時はかなりおすすめの映画だったのか、母親に強引に彼女の部屋に連れてかれて、エヴァはほぼ強制的に映画を観《み》ることになった。

そうして母親と一緒に映画を観ること約二時間。

気が付いたら、エヴァは泣いてしまっていたらしい。

そんな自身に驚いて、必死に涙を止めようとしたが何をやっても止まらなかった。

そこで彼女は気づいた。

たとえ偽物の話が苦手な人でも、こうやって強引に感情を動かす力があるのが、物語なんだと。

同時に彼女は思った。

自分も自身の物語で、こんな風に誰かの感情を動かすことができたなら、どれだけ気持ちいいだろうって。

以来、エヴァは物語を作ることに熱中して、映画の脚本家を目指すようになったんだ。

「どうして映画の脚本なのって訊《き》かれたら、きっと最初に感動した映画のことが忘れられなかったからでしょうね」

「そっか……なんかいいね！　エヴァが脚本家を目指したくなった理由すごくわかる！」

私が笑うと、エヴァも一緒に笑った。

「レナはどうしてハリウッド女優になりたいって思ったの？」

「私もエヴァとほとんど同じだよ。中学生の頃に観《み》た一本のハリウッド映画に感動して、その作品に出ていた主演の女優さんに魅了されて、私もこうなりたいって思ったの！」

「そうなのね。ホントにアタシと同じね」

エヴァはどこか嬉《うれ》しそうに答えてくれる。そんな風になるのもわかる。同じように夢を目指している人がいると自分も勇気づけられるというか、頑張ろうって感じになるよね。

「事務所のオーディションがあるって言ってたけど、なんて名前の事務所なの？　教えられないとかだったら全然無理に話さなくていいけど」

「教えられるよ。たしか、クリエイティブ……カラー？　だったかな」

言った瞬間、エヴァは驚いたような表情を見せる。

しかし、それも一瞬のことで、すぐにクールな顔つきに戻る。

「その事務所なら知ってるわ。最近徐々に有名になってきてるところじゃない」

「そうなの？」

私が訊《たず》ねると、エヴァはこくりと頷《うなず》く。さっきの彼女の反応を見たら、めっちゃ大きな事務所なのかと思ったけど……でも。

「そんな良い感じのところなら嬉しいな～」

「まるでもうオーディションに受かったような物言いね」

「そういうわけじゃないけど……でも自信はあるよ。ちゃんと準備はしてきたからね」

台本は事前に渡されて、何度も読み込んできた。

英語を話せるようにしてきたから、もちろん英語のセリフだってちゃんと言える。

内容も把握しているから、いつもみたいに演技もできる。

「自信はあるよ！」

「なんで二回も言うのよ。あと声デカいし」

そう言いながら、エヴァはクスッと笑った。

「さてと、アタシはもう食べ終えたから先にシャワー浴びるわね」

テーブルに置かれたエヴァのお皿を見てみると、チキンもポテトもなくなっていた。

結構、量があったのにもう食べちゃったんだ！

「レナの分、食べ切れなさそうなら別に残しちゃってもいいから」

一方、私のお皿にはまだ沢山のチキンとポテトが残っている。実はもう胸やけで限界なんだよね……でも、食べ物を残すのはナンセンスだよ。

「うん。でも頑張って食べる」

「そう。無理しなくていいからね」

エヴァはそう言ってくれたあと、浴室の方へ向かおうとする——が、ここで私はあることを思い出す。

「そういえばさ、エヴァは今朝どうして空港にいたの？」

私の質問に、エヴァは足を止めて少しの間、言葉に詰まる。

「……両親の見送りをしただけよ。アタシの心配をして数日間、勝手にこっちに来ていたから」

「そうだったんだ。優しいご両親なんだね」

「ママはね。……じゃあアタシはシャワー浴びに行くから」

エヴァはそう言葉にして、浴室へ向かった。……ひょっとして、あんまり訊《き》いて欲しくないことだったのかな。今度からは気をつけないと。

さてと、じゃあチキンとポテトを頑張って食べ切ろ——いや、やっぱり少し休もう。

そう思って、休憩がてらなんとなく周りを見回すと、室内の至る所に小説とか映画のディスクとかが大量に置いてある。全てエヴァの物だと思う。

きっと全部、脚本を勉強するための資料として使っているんだ。

私も演技の勉強をするために、ドラマや映画を何度も観《み》たりするから、部屋にディスクとかを沢山置いちゃうのはわかるんだけど……。

多いなぁ。

思わずそう思ってしまった。だって誇張とかじゃなくて本当に三百六十度、大量の小説か映画のディスクに囲まれている。

リビングとは別にエヴァの部屋もあるから、きっとそこにも同じように小説とか映画のディスクとかあるんだと思う。エヴァは夢を叶《かな》えるために、すごく頑張ってるんだ。

この光景を見ただけで、すぐにわかる……私もオーディション、頑張らないと。

エヴァの努力の跡に励まされたあと、とりあえず私は目の前のチキンとポテトを食べ切ろうと頑張った。……えー、無理でした（翌日のお昼ご飯にすることにしました）。

◇◇◇

晩ご飯を食べ終えて（実際は食べ切れてないけど……）エヴァのあとにシャワーを浴びたあと。私は用意された自分の部屋のベッドで寝転んでいた。

さすがに今日は疲れたなぁ。エヴァと普通に話してたけど、時差ボケがあってかなり眠気に襲われていた。

もうそろそろ眠ろうかな——と思ったけど、その前に一つやることがあったんだった。

私はスマホを取り出して、とある人物にメールを送る。

内容は『アメリカ到着！』とだけ。

こういう時、両親とかに連絡する人が多いかなって思うけど、私はしないし向こうもすると思ってないと思う。別に仲が悪いとかじゃなくて、夢に挑戦している時に両親の声を聞いたりメールを見たりすると、なんていうか……気持ちが緩んじゃう気がするから。

だからアメリカに来る前に、事前に二人にも直接そう伝えたし。

そうしたら二人は少し心配そうな顔をしたけど、レナならそう言うと思った、と最後には笑ってくれた。さすが私のお母さんとお父さん。私のことすごくわかってる。

そんなわけで両親と連絡を取るつもりがない私が、誰にメールを送ったかというと――あっ、返信がきた！

『こっちは早朝なのに、到着したくらいで連絡してこないで。……でも無事に着いたなら良かった』

ツンデレみたいなメールを返してきたのは、私の〝ライバル〟――綾瀬咲《あやせさき》からだった。彼女は私と同級生で、私と同じように女優になることを夢見ている人。

でも、咲は観《み》る人全てを魅了するような大女優になりたいって言ってるから、ハリウッド女優になりたい私とはちょっと違うんだけど。

……けれど、なんとなく彼女も最終的にはハリウッド女優になりたがるんじゃないかなって思う。だってハリウッド女優になったら、より多くの人々――世界中の人々を魅了できるってことだし。

ちなみに、彼女は四月から演劇サークルが有名な大学へ入学が決まっており、そのサークルには日本でトップレベルの演出家が顧問にいて、その人に演技の指導をしてもらうのだとか。

『ツンデレメールありがとう！』

『ツンデレって言うな！　それよりも数日後にはオーディションでしょ。あたしとメールするより体調を整えた方が良いんじゃないの』

『咲《さき》は本当に私にツンデレ、いや私にデレデレだなぁ。でも大丈夫だよ。ちょっとだけ咲とメールしたくなっただけだから』

『デレデレじゃないし！　ていうか、あんたもあたしのこと大好きなのね』

『その通り！』

『バーカ』

楽しくなって私は笑ってしまう。続けて、私は思った。

このツンデレというかツン優しい感じ……そっか。エヴァが誰かに似ているなぁって思ったけど、咲と似ていたんだ！

そっか、そっか！　なんか私の周りにはツン優しいさんが沢山いるなぁ～。

でも私、ツン優しいさん、結構好きなんだよね！　だから嬉《うれ》しい！

それから私は咲とのメールを何回か楽しんで、やり取りを終えた。

ちなみに私の一番大事な友達は、咲じゃない。

もちろん咲も大事な友達だけど……彼女は友達っていうより〝ライバル〟だから。

同じような夢を抱いている〝ライバル〟。

じゃあ誰が一番大切な友達かっていうと――。

『桐谷翔《きりたにかける》』

電話帳に登録された名前を見たあと、不思議と心地よくなって私は眠りについた。

◇◇◇

翌日。私のオーディションは二日後だから、朝から台本の読み込みをしていると、エヴァから、もし良かったら自分が所属している劇団を見に来ないか？　と誘われた。

オーディションがあるから無理にとは言わないけど、とも言われたけど、ちょっと休憩したかったことだし、ちょうど良いと思って、エヴァが所属している劇団──『ブルー・シアター』を見に行くことにした。

そういうわけで、私はエヴァと一緒に劇場に行ったんだけど……。

「ここはもっと大胆に強く演技しろよ！　見せ場だろうが！」

「違うでしょうが！　大事な場面だからこそ繊細な演技が必要なの！」

「ふざけんな！　オマエは作品のクオリティを落とすつもりか！」

「それはこっちのセリフよ！　アナタの方こそ、ふざけないで！」

……なんか役者同士がめっちゃ喧嘩《けんか》してる。

隣の客席に座っているエヴァを見てみると、彼女は特に呆《あき》れたり怒ったりすることもなく、まるで何事も起こってないかのような表情をしていた。

「ねぇエヴァ、あれって大丈夫なの？」

「大丈夫よ。いつものことだから」

「い、いつものことなんだ……」

今にも殴り合いに発展しそうな喧嘩《けんか》が、いつものことって……。

この劇団、大丈夫なのかな——と最初はそんな風に思っていたんだけど、彼女たちの喧嘩をずっと見ていたら、あることがわかった。……そっか、あれって喧嘩じゃなくて互いに意見を交わしてるんだ。それが……まあ、かなり情熱的になってしまっているだけで。

きっと彼女たちは、みんな私やエヴァと同じように夢を抱いている人たちなんだろう。

エヴァ曰《いわ》く、この劇団は脚本家や俳優を育成するための劇団みたいだし。

つまり、この劇団にいるみんな——。

「みんな、頑張ってるんだね」

「ええ、みんな俳優を職業にするためにとても頑張ってるわ」

「職業にって……出演料とかは貰《もら》ってるんでしょ?」

「もちろんんよ。……でもこの劇団ってそんなに人気あるわけじゃないし、これだけじゃ食べていけないのよ。だからみんなアルバイトをしながらこの劇団に所属しているの。アタシも含めてね」

そして、団員の人たちは劇団で演技の経験と知識を得ながら、多数のオーディションを受けているらしい。

「なんていうか……私なんかよりもずっとハングリーで熱い人たちだね」

「暑苦しいってことかしら？」

「違うよ。私なんかよりもずっと頑張ってるってこと」

だからこそ、私ももっと頑張らなくちゃ！　って思った。

「元々やる気はあるつもりだったんだけど、なんかもっとやる気が出てきちゃったな！」

私は力強く言うと、客席から勢いよく立ち上がる。

「来たばっかりで悪いけど、私、家に帰ってオーディションの練習するね！」

「……そう。わかったわ」

エヴァはちょっと驚いた顔を見せたあと、少し嬉《うれ》しそうに笑った。

ひょっとして私の気持ちがより高まると思って、ここに連れてきてくれたのかな？

「帰り道わかる？」

「大丈夫だよ！　ここに来るまでバス一本でそんなに難しくなかったし。余裕でしょ！」

「ホントに大丈夫かしら……」

エヴァにすごく心配されちゃってる。まだ出会って二日目とはいえ信用ないなぁ。

それから私はもう一度エヴァに「大丈夫！」と答えたあと、劇場から出た。

もちろん無事アパートには着いたし……いや、ちょっと迷ったかもだけど、とにかくアパートには辿《たど》り着けたし、そのあとはみっちりオーディションで使う台本を読み込んで、セリフを声に出して演技の練習もした。

オーディション、絶対に受かってみせるからね！　だって私の夢を叶《かな》えるためには、こんなところで立ち止まってなんかいられないんだから！

◇◇◇

二日後。いよいよオーディション当日を迎えた。

今日のオーディションに受かれば、ハリウッド女優になりたいっていう私の夢に大きく近づくんだ！　よし、めっちゃ気合入れていくぞ！　とやる気満々でオーディション会場に辿《たど》り着いた——までは良かったんだけど。

「オーディションする部屋ってどこ〜」

芸能事務所——『クリエイティブ・カラー』があるビルに入ったあと、私はつい先日みたいに迷子になってしまった。

いや、やる気はちゃんとあるんだよ。……でも、この建物そんなに大きくないのに部屋が沢山あって、どの部屋でオーディションするのかわからない。

そもそもビルの三階にある部屋でオーディションするって聞いてたし、メモにもそう書いてあるのに、それっぽい部屋が見当たらないのがおかしい。

……もうどの部屋でもいいから適当に開けちゃおっか。

オーディションの時間まではまだ余裕があるし、間違った部屋開けてもソーリーを連発しておけば大丈夫なはず！　うん！

そうと決めた私は早速、適当に部屋のドアノブを掴《つか》む。もしカギが掛かっていたら、逆にそこはオーディションする部屋じゃないってわかるから、それはそれでオッケー。

そう思って私がドアノブを捻《ひね》ると、ガチャリとドアが開いた。

「失礼しまーす」

一応、挨拶をしながら部屋へ侵入。

すると、中には一人の女性が佇《たたず》んでいた。

綺麗《きれい》な銀色の髪が特徴的な女性。

あれ？　よく見たら彼女って——と思った直後だった。


「アナタを愛しているわ」


その言葉を聞いた刹那、恐《こわ》いくらいに全身が震えあがった。

いや、正確には言葉だけじゃない。彼女の表情、仕草。

そういった部分を含めた——彼女の演技に、私は強制的に強く感情を動かされた。

感動——というよりは、きっとその演技に私は恐怖してしまったのだと思う。

それくらい、目の前の女優——ヴィクトリアの演技に魅了されてしまった。

「……？　アナタは……」

ヴィクトリアは私に気づくと、目を細めてじっと眺めて——。

「レナだ」

私が三日前に会った人だってわかったみたい。

続けて、彼女はテーブルに置いてあったカップ型のアイスを持ってきて、

「久しぶり、アイス食べる？」

「いや、今からオーディションだし、お腹《なか》壊したら困るからやめておこうかな」

私がそう伝えたら、ヴィクトリアは少しだけ目を見開いて、驚いたような顔をする。

それから彼女は小さく一つ頷《うなず》いた。

「なるほど。オーディションがあるんだ」

「うん。そうなの」

私はそう答えるけど、私の話なんかより彼女にすぐにでも訊《き》きたいことがある。

「その……あなたって女優なんだね。演技を見た瞬間にわかっちゃったよ」

「そうだよ。ワタシは女優」

私の質問に、ヴィクトリアは堂々と答えた。やっぱりね。きっと『クリエイティブ・カ

ラー』に所属している女優なんだと思う。

そうじゃないと、彼女がここにいるのはおかしいから。

「オーディションを受けるなら、レナも女優なんでしょ？」

「うん！　私も女優だよ！　それでハリウッド女優を目指してるの！」

私が自身の胸をポンと叩《たた》いて答えたら、ヴィクトリアはぱちぱちと手を叩く。

拍手までされると、さすがに恥ずかしいなぁ。それにさっきの演技からして、たぶんヴィクトリアはただの女優じゃないだろうし……。

けれど、いまの彼女からは演技をしていた時の圧倒的なオーラみたいなものは感じられない。また眠そうな目をしているし、変わり様がすごい……。

「ここにいたか！」

不意にガチャリとドアが開いたら、オリバーさんが部屋に入ってきた。

なんでここにいるの!?　って思ったけど、ヴィクトリアがいるなら彼がいてもおかしくないのかな。……っていうか、なんかデジャヴだね。

「いつも言ってるが勝手にどっか行くな――って、オマエは……」

オリバーさんは私に気づくと、ギロリと睨《にら》んできた。

「何故《なぜ》こんなところにいる？　この建物は関係者以外入れないはずだぞ」

「え、えっと……」

やばいよ～。オリバーさんめっちゃ睨んでるよ～。

と、とにかく私がここにいる理由を説明しなくちゃ！

それからオリバーさんに事情をわかってもらうために、私は経緯を話した。

すると、彼はすぐに事情をわかってくれて、

「オーディションを受けに来たんだな。じゃあオレがオーディションが行われる部屋まで案内してやる」

「えっ、案内してくれるんですか？　ありがとうございます！」

オリバーさんの言葉に、私は安心する。オーディションする場所を知ってるってことは、オリバーさんは『クリエイティブ・カラー』の関係者ってことだよね。

ひとまずこれでオーディションが受けられないってことはなくなったよ。良かったぁ。

「ヴィクトリア。オマエはここでじっとしとけよ。まだ多少時間に余裕があるとはいえ、次の仕事があるんだからな」

「うるさいなぁ。わかってる」

オリバーさんの言葉に、ヴィクトリアは面倒くさそうにする。相変わらずだなぁ。

「レナ、オーディション頑張って」

オーディションをする部屋に向かうために、オリバーさんと一緒にここを出ようとすると、ヴィクトリアに励まされた。……ヴィクトリアって優しいね。

「うん！　めっちゃ頑張ってくる！」

私は笑って元気に答えたあと、オリバーさんと一緒に部屋を出た。

それから移動をしている最中、私はどうしても気になることがあってオリバーさんに一つ質問することにした。

「オリバーさん、ヴィクトリアって、その……有名な女優だったりしますか？」

「ヴィクトリアが有名かって……オマエ、アメリカ生まれってわけじゃなさそうだけど、いつからアメリカにいるんだ？」

「えっ、数日前に来たばかりですけど……」

「そうか。じゃあアイツのことを知らないってこともあり得るな」

オリバーさんは一人で納得する。えっ、まだ私の質問に答えてくれてないよぉ……なんて思っていたら、彼はようやく答えてくれた。

「ヴィクトリア・ミラー。彼女はハリウッド女優だよ」

◇◇◇

オリバーさんに案内されて、私はなんとかオーディションをする部屋の前まで来ることができた。オーディションの予定時間にはギリギリ間に合った。

ところでオリバーさんは『クリエイティブ・カラー』に勤めていて、ヴィクトリア専属のマネージャーらしい。だからオーディションの場所も知っていたんだろう。

「次の方、どうぞ」

オーディションをする部屋の前で待っていると、中から出てきた女性に呼ばれた。

それを聞いて、私は一人で部屋の中へ。

今日のオーディションは周りに人が一人もいないし、たぶん私一人だけ。

配役とかじゃなくて事務所に所属するためのオーディションだから、きっとそんな多くは受けられないんだろう。私だって『夕凪《ゆうなぎ》』の団長の知り合いのツテがなかったら、受けられなかっただろうし。ちなみに部屋に入るように促してくれた女性は、まさに私にオーディションを受けるように勧めてくれた人で、小さい声で「頑張って」と励まされた。それに私は嬉《うれ》しくなってしまう。

すごく頑張るよ！　だって、いまの私はめちゃめちゃテンション上がってるから！

もちろんこのオーディションの結果次第で、私の夢に大きく近づけるからっていうのもあるけど……きっとさっきのヴィクトリアの演技を見たせいだ。

彼女の演技は凄《すさ》まじかった。たった一つのセリフを聞いただけで、心を大きく動かされた。あれが本物のハリウッド女優なんだ。

そして、私も彼女のようになりたい！　いや、ならなくちゃいけない！

だから、尚更《なおさら》こんなところで立ち止まっているわけにはいかないんだ！

「こんにちは、レナさん」

室内には三十代くらいの男女の審査員の人が一人ずついて、男性から挨拶された。

「こんにちは～！」

だから私も元気よく返した。そうしたら二人はなぜか笑った。

な、なんかおかしなこと言ったかな。

「大事なオーディションでこんなに元気な人は、なかなかいないね」

「ふふっ、そうね」

二人がなんか喋《しゃべ》ってるけど、声が小さくて聞こえない。でも良い雰囲気っぽいし、私の印象が悪くなったりはしていなそう。と、とりあえず良かった。

「じゃあ早速、演技をしてもらえるかな」

男性から促されて、私は「はい！」と返す。

そうして、私が演技を始めようとした時——ガチャリとドアが開いた。

驚いて見てみると、部屋に入ってきたのはヴィクトリアだった。

「ワタシもレナの演技、見る」

そう言うとヴィクトリアはてくてくと歩いて、女性の隣へ。

えっ、ヴィクトリアが私の演技を見てくれるの⁉　な、なんかすごいことになってきちゃったよぉ……と心の中で慌てていると、他の二人も同様に慌てた様子になって、

「ヴィクトリア、キミは次の仕事が入っているだろう」

「そうよ。早く次の仕事に行きなさい」

「次の仕事は、ちょっとしたインタビューだし遅れても大丈夫。あとレナの演技見れないなら今後の仕事は全部お休みする。これ本気」

二人は部屋を出るように言ったけど、ヴィクトリアの言葉に急にしんとしてしまって、最後には二人揃《そろ》って大きなため息をついた。

私の演技が見れないなら、仕事を休むって……もうめちゃくちゃだ。

それにどうしてそこまで私の演技を見たがるのか、わからない。

「すまないね。うちの女優が水を差してしまって」

「え、えーと……だ、大丈夫です！」

謝られたけど、私はそう伝える。

ちらりとヴィクトリアを見てみたら、彼女はさっきと変わらず眠そうな目をしているけど……どこか楽しそうに私のことを見ていた。……不思議な人だ。

「じゃあ気を取り直して、演技をやってくれるかな」

男性からまた演技を始めるように促される。

これって本当にヴィクトリアも私の演技を見てくれるってことだよね？

本物のハリウッド女優が！

よくわからない日本人の演技を、私の演技を見てくれるってことだよね！

それって——めっちゃ最高だよ!!

だってハリウッド女優に演技を見てもらえる機会なんて、なかなかないし。

いまの私の実力がどれくらいなのか、確認できるチャンスだし。

でも！　だからこそ、このオーディションで審査員の人たちはもちろん、目の前にいるハリウッド女優を、私の演技で魅了させて！　絶対に夢に近づいてみせたいよね！

そして——私は演技を始めた。

◇◇◇

オーディションを終えたあと。私はビルのエントランスにいた。

結果は後日、伝えられるらしいけど、手ごたえは……うん！　結構ある気がする！

何回も台本を読み込んだ甲斐《かい》があって上手《うま》く演技できた気がするし、英語もバッチリだったと思うし。もしこれで落ちたって言われても、なんの悔いもない。

そんなことを一人で考えながらビルの外に出たら——ヴィクトリアがいた。

さらに隣にはオリバーさんもいる。

「次の仕事があるのに、他人のオーディションを見るなんてどういうつもりだ！」

「だからごめんって言ってるでしょ。あーアイス美味《おい》しいなぁ」

「説教中に、アイスを食うな！」

どうやらまたヴィクトリアはオリバーさんに怒られているみたい。

しかも、私のオーディションを見ていたことで怒られている。

いまの二人の前に私が現れると、なんかややこしくなりそうだし、あんまり話しかけない方がいいかなぁ……とか思っていたら、不意にヴィクトリアと目が合っちゃった。

「レナ」

ヴィクトリアはてくてくとこっちに歩いてくる。相変わらず、眠そうな目をしていて感情が読めないけど、どこか嬉《うれ》しそうにしている気がする。

「オーディション、お疲れ様」

「うん！　ありがとうヴィクトリア！」

ヴィクトリアに労《ねぎら》われて、私は素直にお礼を言う。

「おい、ヴィクトリア。そろそろ行くぞ」

「えー、もうちょっと」

「ふざけるな。本当に時間がないんだよ」

オリバーさんの言葉に、ヴィクトリアは納得いかない表情を見せつつも、彼の方へ歩いていく。……もう行っちゃうんだ。

「そ、その、ちょっと待って！」

私が大きな声で引き止めると、ヴィクトリアは立ち止まって振り返った。

「その……ヴィクトリアはさ、今日の私の演技を見てどう思った？」

そして、私は彼女に今日の自分の演技について訊《たず》ねてみた。

だって、彼女はハリウッド女優だから。私が憧れている存在になっている人だから。

そんな彼女が私の演技をどう思ったか、気になるに決まってる。

引き止めちゃったのは、ごめんなさいだけど……どうしても知りたいんだ。

すると、ヴィクトリアは口元を少し緩めたあと——答えてくれた。

「とても良かった。演技は上手《うま》いし、英語も完璧だったし……レナには演技の才能があると思うよ」

ゆっくりと、丁寧に伝えてくれた。それは気遣いで言ってくれているわけじゃなくて、本当にそう思って言ってくれた気がした。

ヴィクトリアが、才能があるって言ってくれた。

ハリウッド女優が、私に演技の才能があるって……！

そっか！　私には演技の才能があるんだ！

今まで色んな人から褒められたり、逆に良くない言葉を浴びせられたり……沢山のことを言われてきたけど、いまのヴィクトリアの言葉が一番自信になった気がする。

「ありがとう！　めっちゃ嬉《うれ》しいよ！」

「喜んでくれて良かった。本当に才能はあるから、これからも頑張って」

そうやって最後まで励ましてくれたあと、ヴィクトリアはオリバーさんと二人でこの場をあとにした。

……ふぅ、勇気を出して訊《き》いてみて良かったぁ。別に才能がないとか、演技が下手とか言われても、夢を諦めるつもりとかそんなことは全く考えてなかったけど……でも、ハリウッド女優に褒められると、やっぱり自信になるよね！

今まで自分がやってきたことは、間違ってなかったんだって！

よーし！　この調子でオーディションも受かっちゃえ！

◆◆◆

「オマエはいつも勝手にどっかに行きやがって。探すオレの身にもなってみろ」

タクシーで次の仕事の現場に向かっている途中、オリバーがまた説教してきた。

「だって、色んなところで色んな景色や人を見たり、色んな音を聞いたり……そうした方が演技の幅が広がるから」

別になんの理由もなく、自由に歩き回っているわけじゃない。とは言っても、ああしろこうしろって指図されたり拘束されるのは好きじゃないけど……。

「それはそうかもしれんが、もう少し遠慮しろって言っているんだ」

「嫌だ」

ワタシの言葉に、オリバーは大きなため息をついた。

「それよりレナってやつに、あんなことを言って良かったのか？」

「あんなことって？」

「演技の才能があるとか。相手が喜ぶからって適当に言ったのなら、アイツのためにもならんぞ」

「嘘《うそ》は言ってないよ。本当に才能があると思ったから、そう言っただけ」

レナは本当に演技の才能があると思う。言葉通り、演じる能力が高いと思うし、加えて今まで一生懸命、努力してきたってことがオーディションの演技から伝わってきた。能力があって、努力もできる。その二つを含めて、彼女には才能があると伝えた。

——でも、ただ才能があるだけ。

いまのレナには女優として足りないものが幾つかあるけど、その中でも一番大事にしなくちゃいけないものが足りていない。

それに気づけないと、絶対にハリウッド女優にはなれないよ。

◇◇◇

オーディションから数日後。私はずっと結果を待っているんだけど、まだ連絡は来ていない。そろそろ来てもいいはずなんだけどなぁ……。

ちなみにヴィクトリアのことなんだけど、あれから色々調べてみたら、彼女は昨年デビューしたばかりの超注目の新人ハリウッド女優らしい。演技を見ただけで只者《ただもの》じゃないんだろうなぁとは思ったけど、まさか超注目までされてるとは！　すごいなぁ。

「ただいま～」

リビングでスマホと睨《にら》めっこしながらオーディション結果を待っていると、エヴァが帰ってきた。

彼女は、今日は劇団の練習はなくて代わりに引っ越しのアルバイトの予定だったはず。

「おかえり！　アルバイトお疲れさま！」

「ホントに疲れたわ〜。しかもお客さんから代金が高いだのクレーム入れられるし。なら他の業者に頼めって話よね」

「うわぁ、大変そうだね……」

私は苦笑しながら、エヴァに言葉を返した。ちなみに私も後日アルバイトを始める予定だ。目的は色々あるけど、コミュニケーションを多く取って今よりもさらに英語の上達をするため。だから、先日近くの大衆食堂で面接を受けて、合格も貰《もら》った。

と言っても、無名の女優が夢を目指すってだけでアメリカに長期滞在するのは難しくて、建前では語学留学としてこの国に来ている私は、アルバイトとかでお金をもらうことはできないんだけど。代わりに先日面接で事情を話したら、店主のおばちゃんがお金の代わりにまかないを沢山食べさせてくれるって言ってくれた。

これでかなりご飯代も浮くし、英語も上達するし、一石二鳥だね。

「晩ご飯、エヴァの分も買っておいたよ」

「ホント！　ありがと！　でも悪いんだけど、先にシャワー浴びてもいいかしら？」

「うん、疲れてるもんね！　ゆっくりしてきて！」

私の言葉に、エヴァは「ありがとう」と返して浴室へ移動する。

すると直後、不意にインターホンが鳴った。

宅配とかかな？　と思いつつ、私は玄関まで行ってドアを開けると——。

「っ！」

目の前に現れた人に、私は驚いて一瞬、言葉が出なくなってしまった。

銀色に輝く髪。モデル並みのスタイル。眠たそうな目。

「数日ぶり。レナ」

そこにいたのは、ヴィクトリア・ミラーだった。


「ハンバーガー、美味《おい》しい」

リビングにて。私とエヴァの前に座りながら、ヴィクトリアは図々《ずうずう》しく私が買ってきたハンバーガーを食べていた。なんならコーラも飲んでいる。

この人、本当にマイペースだなぁ……まあ私も他人のことは言えないけど。

「なんでアンタがここにいるのよ」

「仕事が終わったからエヴァに会いに来た。まさかエヴァとレナが一緒のアパートに住んでるなんて驚き」

「忙しいのに、いちいち来るんじゃないわよ」

エヴァとヴィクトリアがなんか仲良さそうに話している。知り合いなのかな……？　なんて疑問に思っていたら、私の様子を察したエヴァが話してくれる。

「アタシとヴィクトリアは同じ田舎町出身で、同い年の幼馴染《おさななじみ》なのよ」

「幼馴染《おさななじみ》！　ハリウッド女優と幼馴染なの⁉」

「そうよ。忙しいくせにたまにこうしてウチにやってくるの。……っていうか、レナもヴィクトリアに会ったことあるのね。オーディションの時かしら？」

「えっと……うん、そうだよ」

エヴァに訊《き》かれて、私は頷《うなず》く。アメリカに来て初日に、ヴィクトリアをオリバーさんから逃がしたことは話さなくてもいいよね。ややこしくなりそうだし……。

「ちなみに、今日のワタシはレナにも用があってきた」

ヴィクトリアはそう話したあと、用意してきたバッグをゴソゴソと漁《あさ》る。

私に用？　ってなんだろう？

不思議に思っていると――パンッ！　と不意に破裂音が響いた。

な、なに⁉　どうしたの⁉

「おめでとう、レナ。オーディション合格だって」

気が付くとヴィクトリアはそう言っていて、片手には使用済みのクラッカー。

さっきの音はこれが原因か……あれ？　いまオーディション合格って言ってた？

「レナ、やったじゃない！」

「えっ、本当に合格？　じゃあヴィクトリアが言ってた私に用があるって……」

「オーディションの結果を伝えに来た」

ヴィクトリアは表情一つ変えずに淡々と言った。

それからエヴァがまた喜んでくれるから、最初はちょっと困惑してた私も段々と実感が湧いてきて——。

「やったぁ〜！　オーディション受かったぞ〜！」

両手を上げて、全力で喜んだ。よし……よーし！　これでようやく本格的にハリウッド女優になるっていう夢に挑戦できる！

やっと……やっとスタートラインに立てたんだ！

「……でも、どうしてヴィクトリアが伝えてくれたの？　本当は事務所から電話で連絡が来るはずだったのに」

「ワタシが直接伝えるって事務所の人に言った。なんか色々文句言われたけど、無理なら仕事を休むって言ったら、みんな快く承諾してくれたよ」

「そ、そうなんだ……」

でも、それきっと快くは思ってないと思うなぁ。

それにどうしてヴィクトリアはそんなことをしたんだろう。……まあ初めて会った時から不思議な人だから、理由なんて考えても意味ないのかもしれないけど。

「ヴィクトリアはね、きっとレナのことを気に入ってるのよ」

困惑していた私の様子を察したのか、エヴァがそう伝えてくれた。

「そ、そうなのかな……？」

ヴィクトリアの方を見てみるけど、いまも彼女は表情一つ変えずにむしゃむしゃとハンバーガーを食べている。相変わらず、感情が読めない人だ……。

「じゃあ今日はレナのオーディション合格のお祝いね！ って言っても、何も買えてないけど……」

「別にいいよ。夢を叶《かな》えたってわけじゃないし、まだまだこれからだしね！ ……それに
ハンバーガーはなくなっちゃったみたいだし」

見ると、ヴィクトリアが私とエヴァの二人分のハンバーガーを完食していた。

食いしん坊すぎるよ……。

「ちょっとアンタ！ アタシの分だけじゃなくて、レナの分も食べてるんじゃないわよ！」

「だって、お腹《なか》減ったから」

「だからって他人の物を食べるな！ 今から出前頼むから、アンタ払いなさいよ」

「えぇ～」

「払わなかったら、二度とここに来ちゃダメだから！」

「……しょうがないなぁ」

エヴァとヴィクトリアの会話が終わったあと、エヴァは出前を取り始めた。私は自分で
払うよって言ったけど、エヴァに「ヴィクトリアが奢《おご》るから！」と強く言われて、それ以

上何も言えなくなっちゃった。

まあこの間、ヴィクトリアのアイス代を払ったたし、これでおあいこかな。

それにしても、なんていうか……ヴィクトリアと言葉を交わしたり、彼女がエヴァと話しているところを見ると、あの全身がひりつくような演技をした彼女とは別人じゃないのかなって思ってしまう。それくらい普段のヴィクトリアはマイペースすぎるよね……。

「ヴィクトリアはさ、どうしてハリウッド女優になりたいと思ったの?」

出前のピザをみんなで食べる中（あれだけ食べたヴィクトリアもちゃっかり食べている）、私はヴィクトリアに訊《き》いてみた。

単純にあれだけの演技をする人が、どういう経緯でハリウッド女優になりたいと思ったのか、知りたかったから。

「ワタシがハリウッド女優をなりたいと思ったきっかけは、エヴァだよ」

それからヴィクトリアは長い間、自分のことについて話してくれた。

幼い頃、エヴァが物語に魅了されて毎日のように映画を観《み》るようになり、幼馴染《おさななじみ》のヴィクトリアも彼女と一緒に映画を観ていた。

すると毎回、映画を観てエヴァが目を輝かせているのを見て、幼馴染で大好きなエヴァのことをここまで魅了することができるのは、すごいと思って、以来、ヴィクトリアはハリウッド女優を目指すことにしたみたい。

「それでね、ワタシの夢はエヴァが書いた脚本の映画に主演で出ることなんだ」

ヴィクトリアがそう話してくれて、素敵だなって思った。幼馴染《おさななじみ》の脚本の映画に出たいなんて、すごくロマンだよね！

そんな彼女は相変わらず眠そうな目をしているけど、その奥には静かな炎のようなものが見えた気がした。きっとそれほどまでに、エヴァの脚本の映画に出たいんだと思う。

「その夢、いい加減変えなさいよ。いつアタシがちゃんとした脚本家になれるかもわからないのに……」

「なんで？　ずっと待っていればいいだけの話でしょ。大丈夫、ワタシはそう簡単に落ちぶれたりしない」

「いや、別にそんな心配はしてないけど……」

エヴァの表情が少し曇る。彼女がどんなことを考えているのか、なんとなくわかる気がする。幼馴染がハリウッド女優なんていう大きな存在になっていると、そういうつもりはなくても焦っちゃったり、自分は夢を叶《かな》えられるかなって不安になっちゃったりもするよね。……エヴァ、大丈夫かな。

「そういえば最近、恋愛映画に出ることが決まったんだけど、恋愛感情とかよくわかんなくて……だから三人で恋バナをしよう」

すると、不意にヴィクトリアが話題を変えた。……急だなぁ。しかも恋バナって。

でも、いまの空気的に逆に良かったのかもしれない。まあヴィクトリアは場の空気とか全く考えずに発言したっぽいけど。

「ヴィクトリア、恋愛映画に出るんだ！　すごいね！　……でも恋バナって」

「ちなみにワタシは恋愛はとても興味がある。沢山、恋愛をしたら今回みたいに恋愛映画に出る時に、色んな演技ができるようになると思うから」

ヴィクトリアが淡々とそう話してくれた。うーん、それは恋愛がしたいっていうより、演技の幅を広げたいって感じだね。なんかすごい考え方をしてるなぁ。

「レナは？」

「えっ、私？　私は誰かに話せるような恋愛とかしたことないからなぁ」

そもそも誰かのことを好きになったことがない……は嘘《うそ》だけど。

たった一人だけ、好きになった人……ううん、今でも好きな人がいるけど、なんとなく彼とのことは軽い感じで誰かに話したくない。

それだけ彼との繋《つな》がりを大切に思っているから。でも、彼とは次いつ会えるかわからない……ううん、そもそも彼とはもう会えないかもしれないけどね。

「レナは恋愛がものすごく下手くそ、ってことだね。わかった」

「ヴィクトリア、なんかめちゃめちゃ辛辣だよぉ……」

容赦ない言葉に、私は心が折れそうになる。ヴィクトリアって、結構はっきりと言葉を伝えてくるなぁ。まあそれはどちらかというと、きっと良いことなんだろうけど。

「じゃあエヴァは？」

「アタシ？　アタシは……」

次いで、ヴィクトリアがエヴァに訊《たず》ねると、エヴァは一瞬、どう話そうか迷ったような表情を見せたあと、結局は話してくれた。

エヴァは恋なんて興味ない、そんな余裕もない。

しいて言えば自分の恋人は物語だけ。物語が書けなくなったら――たぶん自分は死んでしまうだろう。

だって、生きている意味がなくなっちゃうから。

友達と喋《しゃべ》るのも、ゲームをするのも、美味《おい》しいご飯を食べるのも楽しい！

でも――それは生きる理由にはならない。

そのために、生きたいとは思えない。

もちろん人それぞれ、そう思うものは違って、友達と遊ぶことや美味しいご飯を食べることが生きる意味だって人もいる。

けれど、エヴァにとってのそれは物語なんだ。

物語以外、何もいらない。

それくらい物語のことが大好きなんだ。

「でも残念ながら、アタシに物語を書く才能はなさそうだけどね。学生時代を含めて、かれこれ三年以上ハリウッド映画の脚本家を目指してるけど、まだ叶《かな》えられていないから」

エヴァは自嘲気味に言うと、悔しげに少しだけ唇を噛《か》む。

いまの話だったり、この部屋にある大量の映画のディスクや小説だったり。

エヴァがどれほど脚本家になるために懸けているか、痛いほどよくわかった。

そして……心の底からすごいと思った。

「大丈夫。エヴァなら夢を叶えられる」

「ヴィクトリアはいっつもそうやって簡単に言うわよね……でも、ありがとう」

ヴィクトリアが励ますだけで、エヴァに笑顔が戻った。

それだけ二人の間には、深い絆《きずな》があるんだと思う。すごく素敵な幼馴染《おさななじみ》だね！

「私もエヴァなら絶対に脚本家になれると思う！　エヴァほどハリウッド映画の脚本家になりたいって思ってる人、世界中探してもいないよ！　だから絶対になれるよ！」

「レナもそんな風に言ってくれるのね……ありがとう」

私も励ましたら、また少しエヴァに元気が戻った気がする。

まだ出会ってからそんなに日が経《た》ってなくて、ヴィクトリアとの絆に比べたらものすごく浅いけど、それでもエヴァにはすでに色々助けられているし、そんな彼女にはいつも元気でいて欲しいって、すごく思うんだ！

「その……ごめんね。レナのオーディション合格を祝っている最中だったのに」

「全然いいよ！　これからお互い夢に向かって頑張ろう！」

「そうね。頑張りましょう！」

そんな会話をしたあと、二人でコップを持って乾杯をした。

「なんか二人良い雰囲気。ワタシも交ぜて」

そうしたらヴィクトリアがむくれながら、立ち上がって私とエヴァの間に割って入ってきた。ハリウッド女優にこんな風に思うのはダメかもしれないけど、なんか可愛《かわい》いね。

それから私たちは三人で沢山話した。

好きな映画のことだったり、好きな俳優のことだったり、好きな脚本家のことだったり。

それがすごく楽しくて、でも彼女たちは日本にいる友達とは少し違って――。

たぶん、これが〝仲間〟なのかなって思った。

ヴィクトリアはハリウッド女優になっちゃってるけど……彼女もエヴァが脚本を書いた映画に出たいって夢があるし。

だから、エヴァもヴィクトリアも夢を志す〝仲間〟。

エヴァたちと一緒に……っていう言い方はちょっと違うかもしれないけど、彼女たちが傍《そば》にいる中で、毎日頑張って努力して、ひたすらに夢を目指していく。

そんな日々を想像するだけでワクワクして――。

私は絶対に夢を叶《かな》えてやるって思ったんだ！

◇◇◇

オーディションに受かって以降、正式に『クリエイティブ・カラー』に所属することになった私は、まず大衆食堂でアルバイトを始めた。接客業は私には向いていて、最初は研修から始まったけど、一ヵ月くらい経《た》ったら無難にどんな仕事でもこなせるようになって、予定通りお客さんとコミュニケーションを取ることで英語の上達を目指した。

さらに語学学校にも通っていて、会話ができるとはいえ、より良い発音にするためや難しい言葉を理解できるようにするために英語のスキルを磨いた。

一方、女優業の方は、事務所のサポートによって、なんと元ハリウッド女優の人による演技のレッスンを受けさせてもらった。

当然ながらレッスンで学んだことの復習もかねて、自主練習も毎日のように何時間も必死にやった。

オーディションはこちらも事務所のサポートによって、色んな役のオーディションを何度も、何度も受けさせてもらった。

けれど――半年経《た》っても、オーディションには一回も受からなかった。

正確には、オーディションの一次は安定して受かることができたんだけど……それ以降がたったの一度も受かることはなかったんだ。

さすがに焦った私は、演技のレッスンの時間を増やしてもらったり、自主練習も倍以上に増やしたりした。

そうやって頑張って、頑張って、頑張って――さらに半年後。

私は事務所をクビになった。

第二章　七瀬《ななせ》レナ

休日の映画館。席は全て埋まっていて、みんなスクリーンに夢中になっている。

そのスクリーンに映っているのは、もちろん私。私の演技を見て、みんな目を輝かせている。ポップコーンを食べることも、飲み物を飲むことすら忘れて。

そして、目を輝かせているみんなを、逆に私がこっそり客席で見ていたりして。

――なんてことを、夢を抱き始めた中学生の頃から想像していた。

そして、私は夢を叶《かな》えられると思っていた。

少なくとも、たとえ何があっても夢に挑戦し続けるとも思っていた。

……でも、現実はそんなに甘くなかったみたい。


「っ！」

目が覚めると、窓の外は少し暗くなっていた。

しまった、アルバイトは……って、今日は休みだったんだ。

ベッドから起き上がると自分の部屋から出て、リビングの冷蔵庫から水を取り出して、コップ一杯分だけ飲んだ。……ふとテレビが点《つ》きっぱなしになっているのに気づく。

そういえば点《つ》けっぱなしで寝ちゃってたな。テレビには映画の再放送が流れていて——銀髪の美女が映った。

「……ヴィクトリアだ」

ぽつりと呟《つぶや》く。去年までは新人ハリウッド女優として注目されていた彼女だけど、一年経《た》った今は、世界中に認められるハリウッド女優にまで上り詰めている。

去年、ヴィクトリアが初主演を務めた一本の映画が大ヒットして、同時に彼女の洗練された演技力が高く評価された。以降、元々新人ハリウッド女優として注目されていたヴィクトリアは、さらに世に広まって、あらゆる映画で主演を務めるようになった。

おかげで彼女の事務所の『クリエイティブ・カラー』も、一年前は中堅くらいだったけど、今では一気に大手に成長している。

この一年間、ヴィクトリアとはたまに会うことはあって、大人気になっても普段は眠たそうにしていて、そういった部分は全く変わっていない。

ちなみに、いま再放送されている映画もヴィクトリアが主演だ。

相変わらず凄《すさ》まじい演技をしている。普段とは本当に別人みたい。

……それに比べて私は。

『登場人物の感情が伝わってこないのよねぇ』

『キミの演技には引き込まれないんだよ』


過去にオーディションで言われたことを思い出して、背筋がぞっとする。

何回も同じようなことを言われた。改善しようと努力もした。

でも、結果はダメで……なんであんなことを言われたのか、ずっとわからないままだ。

「ただいま～」

嫌な記憶を思い返しているとエヴァが帰ってきた。今日は劇団の練習があったはず。

「……おかえり」

「うん。今日は何かご飯は食べた？」

エヴァは少し心配そうに訊《き》いてくる。

「ご飯……あっ、食べてないかも」

「やっぱりね。なんとなくそうだと思った」

私の言葉に、エヴァはため息をつく。朝起きて、朝ご飯を食べようとしたけど食欲がなくてやっぱり止《や》めて、そこから今まで寝ていたからご飯は食べていない。

「晩ご飯、買ってきたから一緒に食べましょう。いつもみたいなチキンとポテトだけど」

「えーと……私はいらないかな」

「ダメよ。どんな時でもご飯は食べなくちゃ。一緒に食べるのよ」

エヴァがテーブルにチキンとポテトを並べると、私をその前に強引に座らせた。

事務所をクビになってから、いつも優しいエヴァはこうしていつも以上に優しくしてくれる。

「ごめん。……でも、食欲が湧かないよ。それどころか何もする気にならない。

やっぱり私、今日は何もいらない……本当にごめん」

「あっ、レナ！」

エヴァが名前を呼ぶが、私は自分の部屋へ歩いていく。

正直、私は精神的な面は強い方だと思っていた。

どんなことがあったって、夢に挑戦し続けることを止《や》めないと思っていた。

もちろん今だって夢を諦めたわけじゃない。

ハリウッド女優になりたいって気持ちは強くある。強くあるんだ。

……でも、どうしてか体が動かない。今まで度重なる失敗があったせいでまた失敗するのが恐《こわ》くなっているからなのか、それとも色んな人から色んな言葉を受けて自分の演技に自信がなくなってしまったからなのか。……たぶんどっちもなんだと思う。

語学学校には通えているし、他の人に迷惑がかかるからアルバイトには行っているけど、それ以外はずっとアパートに引きこもったまま。夢に向かって進んでいない。

そうしたら事務所をクビになって二週間が経《た》っていた。

事務所をクビになったから、夢を叶《かな》えるための道筋も全く見えてこない。

もしアメリカに来て一年が経って最悪な状況になってしまったら、日本に帰るって両親と約束していたけど、いまの状況はまさにそれだ。

このままだと、本当にもう日本に帰るしかない。

でも、そうやって日本に帰った時――私はまだ夢を追うことができるのかな。

◇◇◇

「……もうどうしよう」

さらに数日後。私はまだ何も行動できずにいた。

正直、このまま帰りたくない気持ちはある。少なくともあと何回かオーディションを受けてダメだったら、悔しいけどひとまず帰ろうかなって思っている。だから、どこかなんでもいいからオーディションを受けようと思いはする……けれど、申し込む直前で手が震えて、どうしても止めてしまうんだ。本当に私は何をやっているんだろう。

「……あの時と似てるなぁ」

中学生の頃。私は一度不登校になったことがある。理由は主に人間関係で。

当時も私はいまみたいに家に引きこもっていたんだけど……あの時の自分と精神的な面がよく似ている。……これは本当に良くない。

そう思って、私は迷いながらもスマホを取り出して連絡帳を開く。

最初に表示されたのは、お母さんの名前。……いや、両親にこんな情けない娘の声を聞かせることはできない。だからお父さんと話すのもダメだ。

次に表示されたのは、咲《さき》。……ううん、咲も自分の夢に向かって頑張っているんだ。迷惑をかけるわけにはいかない。

そして、最後に表示されたのは——桐谷翔《きりたにかける》。……絶対にあり得ない。いまの私を彼にだけは世界で一番知られたくない。

私はスマホを投げて、頭を抱える。

……わかんない……もうどうすればいいかわかんないよ。


「めそめそ泣くな！」


不意に鋭い声が響き渡った。顔を向けると、そこにはエヴァが立っていた。

今日は引っ越しのアルバイトがあったのか、顔が少し汚れていて全身汗だくになっている。そんな彼女は少し……ううん、かなり怒っていた。

「事務所をクビになったくらいで、いつまでも不幸そうな顔して！　そんな思いをしているのがアンタだけだと思ってるの！」

わざわざここまで来たの？」

「レナはなんのために日本からここまで来たの？　そうやっていつまでも落ち込むために

しかし、彼女はそんな私に構わず続けて話した。

エヴァから急に言葉を浴びせられて、私は困惑する。

「えっ……その……」

「そ、それは……違うけど」

「違うなら、なんのために来たのよ！」

私が弱々しく言葉を返すと、エヴァは食い気味に鋭く訊《たず》ねてくる。

「……ハ、ハリウッド女優になる……ため」

「そうでしょ！　ならそうやって落ち込んでいたらハリウッド女優になれるの？　夢を叶《かな》えられるの？」

「思わない……思わないけど」

夢を叶えるために動き出そうとしたら、すぐに思い出してしまう。この一年間、頑張って自分なりに努力してきたけど……何度も失敗して、何度も私の演技を否定された。

当然、そんなすぐに夢を叶えられると思っていたわけじゃない。

……でも、まさか一年かけてもオーディションの二次すら通らなくて、さらに事務所をクビになるなんて思いもしなかった。

思い返してみれば、中学生の頃に不登校にはなってしまったけど、演技の面では私は大きな失敗は経験していなかった気がする。

けれど、たとえどんな失敗をしても夢に向かって進み続けられると思っていた。それくらい私は演技が好きで、ハリウッド女優になりたいと思っていたから。

だからこそ、いま立ち止まっている自分自身に失望してしまっている。

私の夢を叶えたい気持ちって、こんなもんだったんだ……って。

「だから、めそめそ泣くなって言ってるでしょ！」

また少し泣いてしまった私に、エヴァが言葉を放つ。

それから彼女は呆《あき》れたようにため息をついて、

「ったく、情けないやつね。ちょっと来なさい！」

不意に、私の腕を引っ張っていく。

「えっ、ど、どこに……」

「いいから来い！」

私が訊ねると、エヴァは答えずそのまま私を連れ出していく。その時の彼女はやっぱり明らかに怒っていた……けど、少し悲しそうな顔をしていたんだ。

◇◇◇

「ここって……」

エヴァに連れてこられた場所は、彼女が所属する劇団――『ブルー・シアター』の劇場だった。ここには一年ほど前に初めて来てからも何度か見に来たりしている。

「ちょうど練習時間なのよ。アルバイト後にアタシも合流する予定だったの。それよりあそこをよく見なさい！」

エヴァが指をさした先は、舞台上だった。そこには団員の俳優たちがいて、いつもみたいに激しい口論を交わしていた。

「ここのセリフはオレのセリフともっと間を空けろよ！　そっちの方が場面の緊張感が伝わるだろ！」

「違うでしょ！　緊迫した場面だからこそ鋭く言うべきよ！」

感情をむき出しにして、自分の意見をぶつけあって、みんな夢に向かって頑張ってるんだな――とだけ以前の私はそう感じていた。

でも、いまの私からは目の前の光景はそれとは少し違って見える。

演技の世界の厳しさを知って、現実を知ったからこそ、団員の人たちがどれだけ強い気持ちで演技だけで人生をやっていきたいと思っているか、わかる。

そして、そんな彼らを心底カッコいいと思った。

「みんなね、命懸けなのよ」

不意にエヴァが話し始めた。命懸け……きっと比喩とかじゃなくて、言葉通りの意味なんだと思う。それくらい団員の人たちは、必死だ。

「アイツらみたいに泥水をすすってでも、地べたに這《は》いつくばるようにしてでも、血反吐《ちへど》を吐いても、夢を叶《かな》えたい人なんていっぱいいるのよ」

そんなエヴァの言葉を聞いても、私は驚きはしなかった。だって団員の人たちは本当に泥水をすすってでも、地べたに這いつくばるようにしてでも、血反吐を吐いても、きっと夢に向かって進むと思うから。

「……それでも夢を叶えられない人が沢山いる。だからこそ！　みんな死に物狂いで夢を追っているの！　なんなら夢のためなら死んだっていいとさえ思っているの！」

エヴァが強く、強く言葉にする。

そして、最後には私に鋭い視線を向けて、

「もちろん、アタシもその一人よ」

堂々とそう言ってのけた。でも、私は納得する。

だってアパートの部屋にある大量の映画のディスクと小説。あれだけで彼女が人生、全てを夢に捧《ささ》げているとわかるから。

なんならこの一年間で、映画のディスクも小説もさらに増えている。

なのよ？」

「それなのにレナ。アンタはなんなの？　事務所を一度クビになったくらいでずっと落ち込んで……そもそも事務所にすら所属できない人だって沢山いるのに、アンタはマシな方なのよ？」

エヴァの言葉を、私は否定できない。確かに、アメリカに来て一発目のオーディションに受かって、事務所に所属できて……すごく運が良かった方だと思う。

「もしかして大した失敗もせず順調に夢を叶《かな》えられると思っていたの？　そんなわけないでしょ！　夢を叶えることがそんなに甘いわけないでしょ！」

エヴァが必死に訴える。

簡単に夢を叶えられると思っていたわけじゃない……でも、エヴァや団員の人たちみたいな覚悟を持っていたかと訊《き》かれると……恥ずかしいことになかったと思う。

「今すぐ夢に向かって立ち上がるか、もしそれができないならさっさとアパートから出て行きなさい。ハリウッド女優にならないなら、この国にいたってしょうがないでしょ」

エヴァは激しくそう言う……けど、ここでも少し悲しそうな感情が見て取れた。

「最後に言うけど、レナが来る前にアンタと同じように夢を叶えたいとか言って、一緒に住んでいた人が二人いたのよ。三人で住んでいたんじゃなくて二人で住んでいた時期が別々であったの……でも、二人ともロクな努力もせずさっさと夢を諦めて出て行ったわ」

「えっ……そうだったんだ」

エヴァが寂しそうに話すと、それには私は驚いた。だって、私が来る前に一緒に住んでいた人がいたなんて聞いたことなかったから。しかも二人も。

「でもね、レナが来た時、なんかアンタは違うと思った。本気で夢を叶えようとしているんだって感じたのよ。実際にこの一年間、アンタはすごく頑張ってたわ」

エヴァは私のことを褒めてくれる。

ここまでずっと感じていたことだけど、エヴァは別に私を責めたいだけで怒っているんじゃない。……きっと私をどうにかして励まそうとしてくれているんだ。

「……伝えたいことは伝えたから、まああとはレナの好きにしなさい」

それだけ言うと、エヴァは舞台上へ歩いていった。

きっと団員の人たちに交じって、意見を言い合うんだろう。

より夢に近づくために。

彼女たちをもう一度よく目に焼きつけたあと、私は一人で劇場から出て行った。

◇◇◇

劇場からの帰り道。バスでアパートの近くまで来ると、私は少し遠回りをしながら歩いて帰ることにした。少し考えたいことがあるから。

……みんな、夢を叶《かな》えるために必死だったな。

死ぬか、夢を叶えるか。

それくらいの危機的なプレッシャーのようなものを、彼らからは感じた。

きっと以前に見た時も団員の人たちは同じように必死にやっていたんだと思う。私が感じ取れなかっただけで……。

もちろんエヴァも彼女自身が言った通り、命懸けで夢を目指している。

思い返してみれば、アメリカに来て約一年間。ずっとエヴァと暮らしていたけど、彼女は劇団の舞台やアルバイトでどれだけ忙しい日があっても、夜遅くまで毎日のように映画や小説を観《み》たり読んだりして、物語の勉強をしていた。

エヴァは自室でこっそり観ていたから私に気づかれていないと思っているのかもしれないけど、彼女の部屋のドアがちょっとだけ開いていることがよくあったから、私は彼女がすごく努力していることをよく知っている。

そうやって夜遅くまで物語の勉強をしていたからか、朝はいつも眠そうにあくびをしていた。きっとほとんど寝ていなかったんだ。

本当にエヴァは命懸けで脚本家を目指している。

けれど、それだけ必死にやっているエヴァでも、まだハリウッド映画の脚本家になるという夢を叶えられていない。……なのに、私は一年間オーディションに落ち続けたくらいで、事務所をクビになったくらいで、落ち込んだまま何もしないでいいのだろうか。

夢に向かって進まないままでいいのだろうか。

そんなの……そんなの——。


「いいわけないに決まってるじゃん！」


私は大声で叫んだ。

それに周りを歩いている人たちは驚きつつも、隣を通り過ぎていく。

何が演技に自信がなくなっただ！　何が失敗が恐《こわ》いだ！

そんなのきっとみんな同じに決まってる。さっき見た団員の人たちも、エヴァもみんな自信がない時だってあるし、失敗が恐い時だってある！

それでも……それでも！　みんなどうしても夢を叶えたくって命懸けで夢を追っているんだ！　恐くても、自信がなくても、夢を叶えたいなら追い続けるしかないんだよ！

だから、私はもう立ち止まったりしない。

今から私はずっと夢を叶えるために走り続けるよ。

だって、私はどうしたってハリウッド女優になりたいんだから！

「よーし！　やってやるぞー！」

また大声で叫ぶと、周りにいる人たちの一人が何やら怪訝《けげん》な目で私を見て電話をしている。……まずい。もしや通報されているのでは。

そうと気づいた私は、さっさとその場をあとにする。

暫《しば》らくすると、不意にスマホの通知音が鳴った。

立ち止まって見ると、咲《さき》からのメールだった。

『ようやく役をもらえたわよ。ちょっとした役だけど』

それは咲が大学の演劇サークルで役をもらえたという内容だった。

咲が通っている大学は日本でトップレベルの演出家の人に演技の指導こそはしてもらえるけど、指導がとても厳しくて、さらには実力がないと舞台では裏方ばかりやらされるらしい。だから、それが耐えられずに辞めちゃう人も沢山いるとか。

……でも役をもらえたってことは、ひとまず苦しい期間を超えたってことだよね。

『おめでとう！　いいね～！』

『ありがとう。でも、これからまだまだ頑張るつもり。だからレナも頑張りなさいよ』

『頑張りなさい……って、なんで急に？』

『だって最近、全然メールこないし。なんか辛《つら》いことでもあったんじゃないの？』

その言葉を見て、私は驚きすぎてぽかんと口を開けてしまった。

そして次には、思わず笑ってしまう。

そっか！　〝ライバル〟には全てお見通しだったか！

『大丈夫！　どんなことがあったって私は絶対に夢を諦めたりしないから！』

『そっか。じゃあこれからもお互い頑張りましょう！』

それに私は『そうだね！』と返してメールを終えた。

咲も夢に向かって着実に前進してる！　頑張ってる！

夢を本気で目指している人は、本当にみんな頑張ってるんだ！

だから私だって同じように──いやそれ以上に頑張ってみせるよ！

だって、私もみんなと同じように絶対に夢を叶《かな》えたいから！

◇◇◇

再び夢に向かって走り出すことに決めた私は、早速家に帰ってオーディションの申し込みをしよう……と思っていたんだけど。

アパートの前で、帽子をかぶった銀髪の美女を見つけてしまった。

いま大人気でどの映画にも引っ張りだこのハリウッド女優──ヴィクトリアだ。

ちなみに、ヴィクトリアには事務所をクビになったことは伝えていない。……情けない話だけど、彼女に知られるのはすごく恥ずかしかったから。

「あっ、レナだ」

あっちも私に気づくと近づいてくる。相変わらず、普段は眠そうな目してるなぁ……。

大人気になった今でも、彼女はこうしてアパートにやって来る。たぶん目的はエヴァに会いたいからだと思うけど。だってヴィクトリアはエヴァのことが大好きだし。

「ヴィクトリア、仕事は？　もうないの？」

「……ないよ」

これ絶対あるやつだ。そもそも帽子をかぶっている時点で怪しい。

またオリバーさんの目を盗んで、逃走したな～。オリバーさん、絶対怒ってるよ。

「エヴァなら劇場にいるよ」

「そうなの？　じゃあ劇場に行こうかな」

ヴィクトリアは躊躇《ためら》いなく言うと、すぐに劇場に向かおうとする。

別に私のことが嫌いってわけじゃないだろうし、なんならアパートに来た時はいつもヴィクトリアとは楽しく喋《しゃべ》っている。

でも、今みたいに私に全く興味ないような反応されると……うん、悔しいよね。

だって、ヴィクトリアは私が憧れているハリウッド女優になっている人だから。

「ねえ、ヴィクトリア」

「？　なに？」

声をかけると、ヴィクトリアはぴたりと足を止める。

再び夢を目指すことを決めたあと、アパートに帰って来るまでの間、私は考えていた。

この一年間、どうしてこんなにもオーディションに落ちたのか。

『登場人物の感情が伝わってこないのよねぇ』

『キミの演技には引き込まれないんだよ』

オーディションに落ちるたびに、同じようなことを言われた。

どうしてなのか。オーディションに落ち続けた一年間も今も、ずっと考えても、未《いま》だに答えが見つからない。……でもヴィクトリアなら、ハリウッド女優なら何か答えに繋《つな》がるようなことを知っているかもしれない。

本当は自分で見つけなくちゃいけないんだと思う。

けれど、夢を目指し続けると決めたとはいえ、事務所をクビになって最悪な状況になってしまっている、いまの私には時間がない。

留学に協力してくれた両親との約束を破ってまで、自分勝手に夢を目指すことは私にはできないから。……まあ既に少し約束を破っちゃってるかもしれないけど。

それに夢を叶《かな》えるためなら、どれだけカッコ悪いことしたって構わないよ。

それくらい私はハリウッド女優になりたいんだから。

だから――。

「二人だけで話したいことがあるんだけど、いいかな?」

私の言葉に、ヴィクトリアは少し驚いたような反応をしたあと——。

「いいよ」

あっさりとそう答えてくれたヴィクトリアは、ちょっぴり笑っている気がした。

◇◇◇

ヴィクトリアの承諾をもらったあと、私たちは近くの喫茶店に入った。

割と落ち着いている感じのお店で、大事なことを話し合うには適している場所だ。

「それで、話ってなに?」

ヴィクトリアは注文したイチゴアイスをパクパク食べながら、訊《き》いてくれる。

どことなくアイスに夢中になってる気がするけど、ちゃんと私の話を聞いてくれるのかな。アパートの前では割と真剣に話を聞いてくれそうな雰囲気だったけど、もしかして私の勘違いだった⁉

「あ、あのね……話っていうのは」

ちょっと不安になりつつも、私はヴィクトリアに話を始めた。

まず私が事務所をクビになったことを伝えて、それからこの一年間、オーディションに落ち続けた時に、審査員によく指摘された内容も話した。

そして、その指摘されたことに対しての解決策が全くわからないということも。

「……なるほど。理解した」

「本当？　じゃあ、その――」

「答えを教えてって？　それは嫌だ」

ヴィクトリアの言葉に、私は驚いたあと何も言えなくなる。

答えを教えてもらおうとは思ってなかったけど、アドバイスは貰《もら》おうとしていた。意味はさほど変わらない。

……そりゃそっか。ダメだよね。なんとなくヴィクトリアなら教えてくれるかなって思ったけど、他人に頼ろうっていう考え方が甘いよね――と反省していると。

「だって、敵に塩を送りたくないから」

その言葉に、私はまた驚く。けれど、これはハリウッド女優で数多くの映画で活躍しているヴィクトリアが私に対して敵なんて言葉を使ったからだ。

「敵って……私はヴィクトリアと比べたら全然……」

「一年前くらいに初めてレナの演技を見た時に言ったよね？　アナタには演技の才能があるって。今でもワタシは同じことを思ってるよ」

「才能って……」

確かにそう言われたこともあった。当時はとても嬉《うれ》しくも思ったし、自信にもなった。

でも一年間、失敗し続けた私は、正直あの時の言葉はお世辞だったと思っている。

「レナはさ、どうしてハリウッド女優になりたいと思ったの？」

「どうしてって、それは――」

初めて観《み》たハリウッド映画に出ていた主演の女優がとても楽しそうに演技をしていて、眩《まぶ》しいくらいキラキラしていて。

私もこんな風にキラキラしてみたい！　って思ったから。

そう答えようとした――けれど、私は答えられなかった。

どうしてかはわからない。……でもこの答えにすごく違和感を感じた。

じゃあ私がハリウッド女優になりたい理由って――。

「別に今すぐ答えないでいいよ。あとでじっくり考えてみて」

「えっ……うん」

ヴィクトリアにそう言われて、私は頷《うなず》く。

あれ、もしかしていまのって……。

「レナってさ、夢を叶《かな》えるために大切なことはなんだと思う？」

するとヴィクトリアは、今度は唐突にそんな質問をしてきた。

「夢を叶えるために大切なこと？　えーと、努力とか？」

「その通り。それともう一つは才能とかね。……でもね、もう一個大切なことがあるの」

努力と才能以外に大切なこと……なんだろう。全く思いつかない。

そう思っていると、ヴィクトリアが綺麗《きれい》な瞳で私のことを真っすぐに見つめて答えを伝えてくれたんだ。


「それはね〝よく考えること〟だよ」


よく考えること……？

急に出てきた言葉に困惑していると、ヴィクトリアが説明してくれた。

夢を叶えるには、才能があった方が良い。

じゃあ才能さえあれば、絶対に夢を叶えられると思う？

はっきり言って、そんなことはない。どんなプロの世界も、そんなに甘くはない。

じゃあ他に夢を叶えるには、何をすればいい？

それはもちろん努力だよ。

じゃあ今度はがむしゃらに努力さえしていれば、絶対に夢を叶えられると思う？

答えはね、残念ながらノーなんだ。

もちろんよく努力することも大事だけど、ただ努力しているだけじゃ絶対に夢は叶えられない。何故《なぜ》なら同じ夢を叶《かな》えたいって思っている人も、みんな努力をしているから。

じゃあ夢を叶えるためには、他にどうするべきか。

それは――〝よく考えること〟だ。

自分はどういう目的で努力をしているのか。何を身に付けたくて努力しているのか。自分に足りないものは何なのか。そのためにどういう努力をするべきなのか。

そうやって考えて、考えて、考え続けることが大切なんだ。

考えなしに努力してもそれは何もしていないのと同じ。そんなことをしたら才能がある人でも夢を叶えられないかもしれない。

逆によく考えて努力すれば、たとえ才能がない人でも夢を叶えられるかもしれない。

「だからこそ、夢を叶えるために大切なのは〝よく考えること〟なんだよ」

ヴィクトリアは最後にそう締めくくった。正直、私は驚いてしまった。

だって、普段は眠そうな目をしている彼女の口から〝よく考えること〟が大切なんてことを聞いたから。しかも彼女の説明に、私はとても納得してしまった。

思い返してみれば、私はオーディションに落ちた理由をちゃんと考えていたのかな。

もちろん自分なりに考えて、わからないって答えですらない答えを出したんだけど……

もっとちゃんと考えるべきだった気がする。

オーディションに落ちた理由を考えていたら、落ちた時のことや審査員に言われた言葉を思い出してしまうから、考えているようで考えられていなかった気がする。……逃げていた気がする。

「考えることを放棄した人は、絶対に夢を叶えられないんだよ」

ヴィクトリアは今までにないくらい真剣な表情で、言った。

それくらい彼女にとって〝考える〟っていう行為は大切なんだろう。

「ワタシね、また新作の映画の主演が決まったんだ」

「っ！　そ、そうなんだ。すごいね……」

本当にすごい……けど、私と同い年の女性とここまで差をつけられていることに、やっぱり悔しいと思ってしまう。

「あっ、いつの間にかオリバーからすごい数の着信きてる」

不意にヴィクトリアがスマホを見て、そんなことを言い出した。

「それ大丈夫なの？」

「大丈夫だけど、そろそろ行かないとダメかな」

「それは大丈夫って言わないんじゃ……」

それから私たちは少し急いで店を出た。次いで、私たちは店の前で別れることに。

「その……アドバイスありがとね！」

別れ際、私がヴィクトリアにお礼を言うと、彼女はちょっと恥ずかしそうな顔を見せる。

「別にアドバイスなんてしてないけどね」

「そっか。でもありがとう！」

私がもう一度お礼を言うと、ヴィクトリアはもっと恥ずかしくなってしまったのか顔を俯《うつむ》けてしまう。いつも可愛《かわい》いと思ってるけど、こういうところ本当に可愛いよね！

「……レナ、頑張ってね。友達として応援してる」

最後にヴィクトリアからそう言われると、私は思わず笑ってしまう。

いつも眠そうにしていて、感情もあまり表に出さない彼女から友達なんて言われたら、そりゃ嬉《うれ》しくなっちゃうよ！

「うん！　頑張るね！」

ワタシが元気よく答えると、ヴィクトリアも少し笑みを浮かべた。

そうして私たちは別れた。

夢を叶《かな》えるために大切なのは、よく考えること……か。

……うん。アパートに帰ったらもう一度向き合ってみよう。

この一年間、私には何が足りなくて何がダメだったのか。

逃げずに、考えてみよう。

◆◆◆

レナと別れたあと。ワタシはオリバーとの待ち合わせ場所まで向かっていた。

絶対に怒られる。最悪だ。

……まあワタシが悪いから、しょうがないと言えばしょうがないけど。

歩いている間、近くのビルにワタシが大きく写っている広告があるのを見つける。

ハリウッド女優としてある程度の結果を残せるようになってから、広告だったり女優業以外の仕事も来るようになった。

正直、女優の仕事以外は興味ないんだけど、こうして自分が映っている広告を見ると、ハリウッド女優としてちゃんとやっていけているんだなって嬉しくなる。

でも、だからって油断するつもりは全くないけど。

……けど、ここまで来るには本当に大変な道のりだった。

まず両親を説得して、オーディションとか受けやすいように都会の高校に入った。

それからアルバイトでお金を稼ぎながら演技のレッスンを受けつつ、オーディションを沢山受けたけど、とにかく落ち続けた。

時には田舎町出身ってだけで、セリフを一言も言わせてもらえないことだってあった。

加えて、ワタシには演技の才能がなかった。これは謙遜してるわけでも嘘《うそ》でもない。紛れもない事実だ。証拠に、オーディション後に数えきれないほど女優になることを諦めた方がいいとも言われた。

それに今だって、演技をしていない時は誰もみんなワタシのことをヴィクトリア・ミラーだって気づかない。才能がある者の特有の空気感を持っていないからだ。

けれど、どれだけオーディションに落ちても、どれだけ女優を諦めた方がいいと言われても、ワタシはハリウッド女優になることを諦めるつもりなんて全くなかった。

だって、ワタシは大好きなエヴァの心を釘付《くぎづ》けにした――あのハリウッド女優のようになりたいって強く思っていたから。そして、ワタシも彼女のように――。

そこで、ワタシはさっきのレナの話を思い返す。

はっきり言って、レナはワタシなんかよりずっと演技の才能を持っている。

ただ彼女には、一年前からずっと決定的に足りないものがある。

それに気づいたら、きっと彼女はすごい女優になると思う。

だからこそ〝よく考えること〟を教えたんだ。

才能がないワタシは、とにかく考えて、考えて、考えて――脳が壊れてしまうくらい考えながら、死に物狂いで様々な演技を習得してきた。

オリバーにはよく言っているけど、彼の目を盗んでどっか行くのも、ワタシが考えた演技の幅を広げるための方法の一つだ。

あとは普段の表情とかも、可能な限りいま演じている役を意識しながら作っている。

特に強い感情の表情——笑顔とか悲しんでいる顔とか。とは言っても、本当に面白いとか嬉《うれ》しいと思った時に笑っているから、その時の感情は本物だけどね。

こうやって考えているからこそ、ワタシはいまハリウッド女優になれているし、プロの世界でも結果を出せている。

だから、ワタシよりも才能があるレナなら〝よく考えること〟をしたら、すぐにいまの壁なんて超えられるし、ハリウッド女優にだってきっとなれる。

彼女には敵に塩を送りたくないなんて言ったけど、実はワタシはこの一年間で夢が二つに増えてしまった。

一つは前から言っているように、エヴァの脚本の映画に主演として出ること。

そして、もう一つは——レナと同じ映画で共演すること。

ただし、その時もワタシが主演だけどね。

◇◇◇

アパートに帰ったあと。私はすぐにこの一年間、どうしてオーディションに落ち続けてしまったのか、改めて考えていた。今までみたいにただ考えるだけじゃなくて、自身の失敗としっかり向き合って、ちゃんと考えていた。

『登場人物の感情が伝わってこないのよねぇ』

『キミの演技には引き込まれないんだよ』

どうしてあんなことを言われたのか。私の演技には一体何が足りなかったのか。

……そういえば、さっきヴィクトリアが質問をしてくれてたよね。

『レナはさ、どうしてハリウッド女優になりたいと思ったの?』

私がハリウッド女優を目指した理由。

中学生の頃に観《み》た一本の映画に、主演として出ていたハリウッド女優の演技に魅了されて、彼女のようにキラキラした演技をしたいと強く思って——やっぱり違う。

間違ってはいないけど、なんか違うと思う。

あの時の私はもっと別のことも思った……気がする。

ふと周りの棚に積まれている大量の映画のディスクが目に留まる。

ひょっとして、私がハリウッド女優を目指すきっかけになった映画もあったりするのかな。そう思った私はリビングを探してみる。映画のディスクは大量にあるんだけど、一応整理整頓というかアルファベット順に並んでいる。

だから、その映画を見つけるのもそんなに難しくないはず——あった！

私は目当ての映画を見つけると、リビングにあるテレビで映画を観ることにした。

もう一度、実際に観てみれば、あの時どう思ったかちゃんとわかるかもしれない。

観終わったら元に戻すけど、持ち主のエヴァにはあとでちゃんと映画を観たことを伝えておこう。エヴァはツンツンしてるけど優しい人だから、これくらいは許してくれると思うけど。……あっ、始まった。

初めにテレビ画面に映し出されたのは、映画のタイトル——『My Story』。

それからストーリーが展開されて、私がハリウッド女優を目指すきっかけになった主演の女優も出てくる。

その女優の役は小説家を目指している女性で、彼女には婚約者がいる。女性は貧乏で、婚約者はお金持ち。もちろん家族や親戚は婚約者と結婚するように言った。

けれどある日、婚約者が女性にプロポーズをすると、なんと女性は断ったんだ。

自分には夢があるから、結婚なんてするつもりはないって。

周りからは猛反対をされたけど、結局、女性は婚約者とは結婚せずに小説家を目指した。

すると、その結果、数年後に女性は見事に小説家になって、裕福にもなり、自分の家で貧乏だった家族と一緒に暮らすことができるようにもなったんだ。

そんな勇ましく、強い小説家の女性を、そのハリウッド女優は完璧に演じてみせた。

さらには演技中、どこか楽しそうに見えて、ただでさえカッコよくて輝いている主人公が、より一層キラキラして見えたんだ！

そんなハリウッド女優の演技に、私はドキドキして――！

「……そっか。思い出した」

私がハリウッド女優になりたかった理由。

それはただ自分が演技をして、キラキラしたかったわけじゃない。

そんな私の演技を見て、見る人全てを楽しませたいと思ったんだ！

それなのに今まで――特にアメリカに来てからの私は結果を出せば夢を叶《かな》えられると思って焦っていたのか、オーディションを受ける時にいつもこう思ってしまっていた。

私の演技を見て！　私の演技を感じて！　私の演技を――。

演技を見てくれている人のことを考えもせずに、自分のことばかり。

本来、演技は誰かを楽しませるためにあるものなのに……。

だから『キミの演技には引き込まれないんだよ』なんて言われちゃったんだ。

私はもっと見る人のことを考えて、演技するべきだった。

いや、これからはそうする！　だって、私はまだまだ夢を諦めていないからね！

「……でも、じゃあもう一つの方は？」

オーディションの時によく言われていたことが、もう一つあった。

『登場人物の感情が伝わってこないのよねぇ』

これは一体どういうことなんだろう。……わからない、じゃない！

もっとよく考えよう。ちゃんと自分には何が足りないのか。

ちゃんと！　考えるんだ！

ハリウッド女優になりたいっていう夢を叶えるために！

それから私はずっと考え続けた。

何時間もずっと考えて、考えて、考えて――。

そして、日が暮れた頃。ようやく私は一つの答えを見つけた。

◇◇◇

「ただいま～」

リビングにいたら、エヴァが帰ってきた。もう晩ご飯の時間はとうに過ぎている。

「おかえり。随分、遅くまで練習していたんだね」

「そうね。なんか今日はみんな熱が入っちゃって……」

エヴァはそう言ったあと、何かを気にするようにチラチラとこっちを見てくる。

「私ね、もう次のオーディション申し込んだよ」

「えっ……そ、そう」

私が唐突に口にした言葉に、エヴァはびっくりする。

「今日さ、エヴァや団員の人たちが必死に頑張ってるのを見て、思ったんだよ。私も負けてられないって！　絶対に夢を叶《かな》えてやるって！」

劇場に行って、感じたことを全て素直にエヴァに伝える。きっとエヴァが劇場に連れていってくれなかったら、私は今でも夢に向かって進めないままだっただろう。

「だからねエヴァ、ありがとう」

お礼を言うと、エヴァはまた驚いた反応を見せたあと恥ずかしがるように顔を背けた。

「アタシは別に……何もしてないけどね」

「おぉ～これはツンデレだね～」

「ツンデレ？　何よそれ」

「ううん、別に～」

ツンデレの意味がわからず困惑するエヴァに、私は少し笑ってしまう。

意味は教えないでおこうっと。

「あのさエヴァ、一緒に夢を叶えようね！」

「何を今さら。言われなくてもそのつもりよ。言っとくけど、次めそめそしたら本当にこの部屋から追い出すからね」

「大丈夫。私はもう泣かないし、絶対に夢を諦めるつもりもないから」

「ふーん。なら良かったわ」

またちょっとツンとした感じで言うエヴァ。でも表情はとても嬉《うれ》しそうだった。

やっぱり、エヴァはツンデレだね。

◇◇◇

数日後、私はオーディション会場に来ていた。当然、事前に申し込んでいたオーディションを受けるためだ。控え室には、五十人以上の人たちがいて、一定時間ごとに数人ずつオーディションに呼ばれていく。

「次にオーディションを受ける方は――」

控え室のドアが開いた直後、事務所の関係者の女性から五人の名前だけ呼ばれて、その中には私の名前も含まれていた。名前を呼ばれた私たちは、女性に案内される形でオーディションをする部屋へと移動する。

そうして審査員の人たちに各々自己紹介と挨拶をしたあと、一人ずつオーディションが始まった。一人、二人……と演技を終えて、三人目。私の番がきた。

「では、レナ・ナナセさん。自分のタイミングで始めてください」

「……はい」

男性の審査員の言葉に、私は頷《うなず》く。

そして――演技を始めた。

『私は絶対に諦めたりしない！』

一つ目のセリフを言った瞬間、審査員たちもオーディションの順番を待っている人たちも、この部屋にいる全ての人たちが困惑していた。

それも当然だ。


だって、いまの私は〝日本語〟で演技をしているんだから。


この一年間、私がオーディションに落ち続けた理由の一つ――登場人物の感情が伝わってこない、という問題を私は自分なりにちゃんと考えた。

そして、答えを見つけたんだ。

元々、私は自分が演じる役の性格や場面ごとの心情を考えることが好きで、そういう演技は得意だと感じていて、実際に日本にいた頃も手ごたえはあった。

じゃあどうしてアメリカに来て、登場人物の感情を上手《うま》く伝えられなくなってしまったのか。

きっと私は英語でセリフを言っている時は、上手く登場人物の感情を表現できていないんだ。英語は喋《しゃべ》れるけれど、そういう細かい人の心を表せるような英語力がまだ身についていなかったから。

だったら、これから英語でも繊細な感情表現をできるように練習すればいいんだけど……私にはもうそうするだけの時間が残されていない。

あと数回オーディションに受からなかったら、日本に帰国しないといけないからね。

だから英語が原因で百パーセントの演技ができないなら、いっそ日本語でやっちゃえばいいかなって思ったんだ！

かなり強引だけど、時間がない私にはもうこの手段しかない。

それに演技は言葉以外でも表現できることが沢山あるし、私の全てを使ってみんなを私の演技に夢中にさせて——ううん、違うよね。

みんなを楽しませるんだよ！

「ど、どうですか……？」

演技が終わったあと、私は審査員たちに訊《たず》ねる。

しかし審査員たちは驚いたように口をぽかんと開けていて、言葉を返してくれない。

「そ、その……どうですか？」

もう一度、質問すると審査員たちはハッと我に返ったかのような反応をする。

「さ、さすがに違う言語で演技しちゃダメだよ」

「……そ、そうですね」

「……でも……いや、やっぱりダメね」

審査員たちの言葉を聞いたあと、私は「ありがとうございました」とだけ言ってその場にある椅子に座った。続けて、次の人のオーディションが始まる。

……ダメだったかぁ。

でも！　タイムリミットまではこの演技でいくよ。これがいまの私にできる最高の演技だから。それになんとなくだけど、審査員の反応は悪くなかった気がする！

……もしかしたら私の勘違いかもしれないけど。

いや！　そんなことないはず！　とにかく私はどんどんオーディションを受け続けて、自分の最高の演技をし続けるだけだよ！

ハリウッド女優になるっていう夢を叶《かな》えるために、ね！

◇◇◇

あれから一週間。私はまた二回のオーディションを受けたけど、落ちてしまった。

どれも審査員たちの反応は悪くないと思ったんだけど、やっぱり日本語じゃ、なかなか難しいみたい。……でも、私はやり方は変えない。なにせどのオーディションでも審査員たちから演技が悪かったとは一言も言われていないから。

とはいえ、今日もオーディションがあって、これがラストチャンスだと決めた。

これ以上、両親との約束を破ることはできない。まあもう若干破っちゃってるけど。

これがダメだったら、また日本で一からやり直そう！

「次の方～」

控え室で待っていると、事務所の関係者の女性から呼ばれた。

今日のオーディションに受かったら、いま来ている芸能事務所に所属できるんだけど、正直、ちょっとボロ……古めの建物で……本当にここって芸能事務所なのかな。

オーディションを受けに来たのも、私一人だけみたいだし……。

という若干の不安はあるけど、そもそも私には何かを選ぶような実力を持ち合わせてもいなければ、そんな時間もない。

とにかく！　私はオーディションで目一杯、自分の演技をするだけだ！

これがラストチャンスなんだから！

「失礼します！」

女性に案内されてオーディションが行われる部屋に入るなり、私は挨拶をする。

部屋の中には、スーツ姿の三十代くらいの男女が一人ずついた。

「レナ・ナナセさんですね。じゃあ早速演技の方を――」

「おぉ！　キミはあの時の子じゃないか！」

女性が私に演技をするよう促そうとすると、遮るように男性がそう言葉にした。

そんな彼のことを、女性はイライラした感じで睨《にら》みつける。

「社長。進行の邪魔をしないでもらえますか？」

「そう怒るなよ、キャサリン。彼女とはちょっとした顔見知りなんだ」

男性――たぶん芸能事務所の社長さんと女性――キャサリンさんがそんな会話をする。

キャサリンさんって人、社長さんにあんなこと言うんだ。この事務所の上下関係どうなってるんだろう。

……？　それよりもいま社長さんが私と会ったことあるって言ってたような。

「そ、その……私はあなたと会った覚えがないんですけど」

「まあそうだろうね。だってあの時のオレはピエロ姿でアイスを売っていたから」

私の言葉に、社長さんは軽く笑いながら答えた。

ピエロ姿にアイス……なーんか覚えがあるような。

「あの時はたしかヴィクトリア・ミラーと一緒にいただろ？」

「ヴィクトリア……あっ！」

思い出した。初めてヴィクトリアに会った日に、一緒にアイスを食べたんだけど……その時のアイスの屋台の店員だ。なんでピエロ姿でアイス売ってるんだろうって不思議に思ったんだよね。

「社長。また意味のわからないことをしていたんですか」

「なんか急にピエロ姿でアイス売りたくなる時、あるだろ？」

「ないです。死んでください」

キャサリンさんは冷めきった目で、とんでもないことを言う。けれど、社長さんは慣れた様子で笑っていた。……この事務所、本当に大丈夫なのかな。

「で、でも……その一年くらい前のことなのに、どうして……」

「どうして覚えていたかって？　まあヴィクトリアと一緒にいたってこともあるけど、なんとなく気になっていたんだよ」

「……そうですか」

その気になっていた、というのは良い意味なのか悪い意味なのか。すごく気になるけど、余計なことは訊《き》かないでおこう。それよりも私は自分の演技に集中しなくちゃ。

「さてと、じゃあ談笑もこれくらいにして、そろそろ演技を見せてもらおうかな」

「そろそろって……社長のせいでスムーズに進行できてないだけですけどね」

キャサリンさんの指摘に、社長さんはまた笑った。

彼女は社長さんのことが嫌いなのかと思っていたけど、段々と逆に好きなんじゃないかと思えてきた。もしかしてキャサリンさんもツンデレなのか⁉

「レナさん。始めてくれるかな？」

そんなことを思っていたら、社長さんが再びそう促してくれる。

その時の彼の表情はヘラヘラせず、真剣な顔をしていて、なんていうか……すごい人、特有の雰囲気を感じた。おかげで私の気持ちも引き締まる。

「はい！」

そうして私は返事をしたあと——演技を始めた。


「……アナタ、ワタシたちを舐《な》めているんですか？」

演技を終えたあと。開口一番にキャサリンさんからそう言われてしまった。

完全に怒っていて、なんなら少し呆《あき》れているかもしれない。

……日本語で演技をしたら、まあこうなっちゃうか。

でも、今回も私はいまのベストの演技をすることができた。

だから、たとえこのまま落ちたとしても——。

「こりゃ最高だよ！」

不意に社長さんがそう口にしてから、大声で笑い始めた。

ひょっとして笑っちゃうほど酷《ひど》かったのかな……で、でも演技自体への二人の反応はそんなに悪くなかったと思うんだけど。日本語で演技をした部分が問題だっただけで。

「社長。オーディション中ですよ。殺しますよ」

キャサリンさんに指摘されても、社長さんはまだ笑ったままで、少し経《た》ってようやく笑いが収まった。

「いや～ごめんごめん。だってまさか日本語でセリフを言い出すなんて思ってなかったからさぁ。でも、なんていうか面白いね！」

「あ、ありがとうございます……？」

どう反応していいかわからず、とりあえずお礼を言っておく。

「社長、まさかアナタ……」

「はい！　じゃあ今日のオーディションはおしまいね。結果は後日、伝えるから」

「えっ……は、はい」

よくわからないまま、私は返事をすると、そのまま社長に促されて部屋から出た。

結果は、どうなるんだろう。正直、ベストな演技をしたとはいえ手ごたえは全くないんだけど……ひょっとしたらひょっとするのかな。

そんなモヤモヤした気持ちを抱えたまま、私は帰宅した。

しかし、一週間経ってもオーディション結果の連絡は一向にこなかった。

◇◇◇

「エヴァ、今まで色々ありがとう」

この前のオーディションから一週間が経って、さらにもう一週間が経った頃。

アパートの玄関で、私は傍《そば》にスーツケースを置いてエヴァにこれまでの感謝を伝えた。

オーディションを受けた事務所からは、未《いま》だに連絡がない。

ということは、きっと落ちたんだろう。そう判断した私は今日帰国することにした。アルバイトは辞めて、語学学校は昨日退学届を出してきた。

航空機のチケットはオーディションに受からないことも考えて、事前に取っていた。

「レナ、その……本当に帰るの？」

「帰るよ。両親との約束もあるし、自分の中でそう決めたからね」

「で、でも……」

エヴァは何か言いたそうにしているけど、必死にこらえているようにも見える。

彼女が言いたいことはなんとなく想像つく。けれど、私のことを困らせないために我慢してるんだろう。

「エヴァ、本当にありがとう！　けどね、私は日本に帰ってもまだ夢を諦めるつもりなんて全くないから！　だからエヴァもこっちで頑張ってよ！」

「……わかったわ！　アタシは絶対にハリウッド映画の脚本家になるから、レナも絶対にハリウッド女優になりなさいよ！　それでアタシの映画に出てもらうんだから！」

「おっ、それいいね！　エヴァが書いた映画、すごく出てみたいよ！」

そんな夢を語りつつ、私たちは笑い合う。

寂しい気持ちはあるけど、お互い敢《あ》えて表に出さないようにしている。

私も、たぶんエヴァもそういう雰囲気は嫌いだから。

「あっ、そろそろ行かないと」

私はスマホで時間を確認したあと、そう言った。

「本当は空港で見送りたかったんだけど、今日に限って劇団の公演があるなんて」

「いいよ気にしなくて。それにどうせまた何年か後に会うでしょ。今度はハリウッド女優とハリウッド映画の脚本家として」

「ふふっ、そうね。次に会う時は、ハリウッド女優とハリウッド映画の脚本家として会いましょう」

二人して誓い合ったあと、私はドアノブに触れる。

この一年間。色んな経験したなぁ。苦しいことも楽しいことも。まあ楽しいことはたまにだったかなぁって感じだけどね。

でもこの経験を活《い》かして、日本に帰ったらもっともっと演技に磨きをかけないと。

そして、いつかまたこの国に来て、絶対に夢を叶《かな》えるんだ！

――と思った刹那、不意にスマホが鳴り出した。

見てみると、知らない番号からの電話だった。

「……？　誰からだろう？」

とりあえず出てみると、聞き覚えがあるようなないような男性の声が聞こえてきた。

「あっ、レナさん？　ごめんね、オレだよオレ！」

「えっと……詐欺の電話ですか？」

「いや、違う違う！　この前のオーディションで社長って呼ばれてたやつだよ」

社長って呼ばれてたやつって……あっ！

「社長さん!?」

「そうそう！　そういや名前、言い忘れてたな。オレの名前はアッシュね！」

「えっ……は、はい。アッシュさん」

「そうそう。……で、なんでオレが電話したかって言うと、オーディションの結果を伝えるためだよ」

オーディションの結果って、いま言うの!? どんなタイミングなんだ……。

「でもオーディションの結果って、オーディションからだいぶ日にちが経《た》っているような……」

「そ、それはね……実は本当はもっと早く社長であるオレが直々にオーディションの結果を伝える予定だったんだけど、そのオレがうっかり忘れちゃってて……まじですまん」

オーディションの結果を伝え忘れるって……大丈夫かな、この社長さん。

そんな不安を抱きつつも、結果はすごく気になっている。

だってそれ次第では、私はまだ帰国しなくても済むかもしれないから。

「その……それでオーディションの結果は？」

「オッケー、今から伝えるね」

社長さんはちょっと軽めの感じで言うと、沈黙が少し続く。

ど、どっちなんだろう。受かってるのかな落ちてるのかな。

できることなら、私はまだここに残りたいって思ってる。

だってここにいたら、きっとここでしか掴《つか》めない何かが掴めそうな気がするから。

……だからお願い！

「おめでとう！　オーディションは合格だよ！」

利那、社長さんから伝えられた。

……いま合格って言ったよね。合格って言ったよね！

「やったよ〜！」

あまりの嬉《うれ》しさに、私はスマホを放り投げて両手を上げて喜んだ。

これでまだここにいられる！　本当に良かった！

「レナ、ど、どうしたの？」

エヴァが困惑した表情でこっちを見ていた。

急に喜び出したら、まあこうなっちゃうよね。

「聞いてエヴァ。私ね、オーディション受かったよ！」

「えっ、本当！」

「うん！　だからね、まだ一緒に夢を目指せるよ！」

そう伝えると、エヴァは一瞬驚いた顔をしたあと、抱きついてきた。

「……良かった！　良かったわね！」

「く、苦しい……」

強く抱きつかれすぎて悶《もだ》えていると、エヴァはすぐに「ごめんなさい」と離れた。

まさかあのエヴァからハグを貰《もら》えるなんて。

「そんなに私と離れたくなかった？」

「っ！　べ、別にそんなことないけど……」

「出たツンデレ」

「ねぇ、そのツンデレってやつ。いい加減教えなさいよ」

「エヴァが怒るから嫌だ」

「怒られるような意味ってことね」

エヴァに睨《にら》まれて私はスッと目を逸《そ》らす。それに彼女は呆《あき》れたようにため息をついた。

「それよりさっきスマホ投げちゃってたけど大丈夫なの？　その電話ってオーディションの関係者の人からでしょ？」

「そうだった⁉　まずい⁉」

私は急いでスマホを拾うと、すぐに社長さんに謝った。でも彼は「自分も連絡忘れちゃってたし」と許してくれた。ルーズなところがあるけど、優しい人ではあるみたい。

それから社長さんから今後の話を聞いたあと、通話を終えた。

「その……改めてだけどエヴァ、これからもここにいていいかな？」

「それアタシじゃなくて、まず先に大家さんに言うことじゃないの？」

「確かにそうかも……」

大家さんには私が家を出ることを伝えているから、あとでやっぱり残りますって言わないと。だいぶ迷惑かけちゃうけど、そこは誠心誠意、ごめんなさいしよう。

「それに今更、アタシが嫌なんて言うわけないでしょ。さっきレナが言ったんじゃない。また一緒に夢を目指せるって」

「っ！　それって――」

「何年かかっても、絶対に二人で夢を叶《かな》えるわよ」

エヴァは手をグーにして、私の前に出してくる。その時の彼女は笑っていた。

「そうだね！　絶対に夢を叶えよう！」

私も笑って言ったあと、誓い合うように二人でグータッチする。

こうして私はなんとかまだこの国で、夢を追い続けることができるようになった。

きっとまだまだ私の演技には足りないものが沢山ある。

でも、私はたとえこの先何度失敗しても、もう二度と塞ぎこんだりしない。

だって夢を目指して苦しいなんて、みんな一緒だから。

それでも大好きなことだから、みんな必死で夢を叶えたいって思うんだ。

だから、私はこの先何があっても絶対に夢を追い続けて、叶えてみせたい！

第三章　エヴァ・スミス

まだ子供の頃。アタシは物語が嫌いだった。

どんなに良い話だとしても、どうせ偽物の話でしょって。実際にはない話でしょって。

ママがすごく映画が好きで、よく図書館から借りてきた映画を家で観《み》て泣いていたりしていたけど、正直どうして偽物の話にそこまで感情的になれるのって思った。

アタシが生まれた町は、娯楽なんてほとんどないような田舎町だった。

それでも小説を読んだりするとかよりも、友達と追いかけっことかして遊ぶ方が楽しかったんだ。

ある日のこと。外は大雨でやることがないアタシは家で適当にゴロゴロしていた。

すると、ママがたまには一緒に映画を観よう、と言ってきた。

もちろんアタシは嫌だって言ったんだけど、ママはちょっと強引な人で……無理やりママの部屋に連れてかれて、図書館から借りてきた映画を一緒に観ることになってしまったんだ。

そして、二時間くらいずっと映画を観て――最後にエンドロールが流れた。

気が付いたら、アタシは涙を流していた。


本当に映画が終わるまで、自分が泣いていることに気が付かなかった。

それくらいアタシはいつの間にか、その映画に——その物語に夢中になっていた。

同時に、アタシはわかったんだ。

たとえ偽物の話の話が苦手な人でも、こうやって強引に感情を動かせることができるのが物語なんだって。

以来、物語が嫌いだったアタシは物語が大好きになった。

小説とかも読むようになったけど、やっぱりあの映画を見て抱いた気持ちが忘れられなかった。友達と遊ぶことよりも、アタシはいつも図書館で映画を借りて観ていた。

友達はノリが悪い、とか言ってきたけど、そんなことどうでもいいくらいアタシは映画にゾッコンだった。

でも幼馴染《おさななじみ》のヴィクトリアだけは他の友達と遊んだりせず、一緒に映画を観てくれた。

ヴィクトリアは口下手で、アタシとは逆に友達作りが苦手だから、友達と遊ぶとなっても、ずっとアタシの後ろにくっついてくるタイプだった。

だからアタシが映画を観ていたら、一緒に映画を観てくれていたのかも。

そうして二人で映画を毎日のように観て、観て、観て——。

いつしかアタシも誰かを感動させられるような――そんな物語を書きたいと思うようになったの！

それでね、アタシが書いた物語を観《み》た人たちが、また自分も物語を書きたいと思うようになったら――それってすごく素敵なことよね！

◇◇◇

「……うぅ」

目が覚めると、リビングの窓からは夕陽《ゆうひ》が差し込んでいた。

……そっか。今日は午前中だけバイトして夜から劇団の練習だから、お昼ご飯を食べたあと体を休めるために昼寝をしていたんだった。

「練習に行く準備をしないと」

部屋着なので、とりあえず着替えないといけない。それからアタシが私服に着替え終えると、玄関のドアが開く音が聞こえた。リビングに入ってきたのは、レナだった。

「あっ、エヴァ！　ただいま！」

「おかえり、レナ」

笑顔で帰ってきたレナに、アタシは言葉を返す。

レナが新しい事務所――『ピエロ』に所属してから、もう一年が経《た》った。

事務所の名前の由来は、世界中の人を楽しませたい、みたいな意味が込められてるってレナが言っていた気がする。

その『ピエロ』の育成方針によって、以前からレナが苦手だと話していた英語での演技でも繊細な表現ができるようになるようなレッスンを受けさせてもらって、加えて報酬が発生しないような小さな舞台で実践もさせてもらっているらしい。

でも報酬がない代わりに、事務所から一回の公演につきレナが欲しい演技の教材を何個か買ってもらえるみたい。

語学学校については、まさかの職員のミスのおかげで、レナが退学を取り消してもらおうと連絡した時にはまだ受理されていなかった。おかげで、レナは今でも語学学校に通えている。アルバイトについても、もう一度働かせて欲しいと頼んだら、店主のおばちゃんは快く承諾してくれたのだとか。

加えて、レナの中で意識の変化があったのか、もちろんこれまでも努力していたけど、いまは何かを考えながら努力するようになっていた。

その成果もあって、オーディションには落ちてはいるものの、最終選考の一歩手前くらいまで残ることが何度もあって、レナはもうあと一歩――とまでは言わないものの、あと二歩くらいでハリウッド女優になれるってところまで来ている。

「聞いてエヴァ！　今日はまた舞台をやったんだけど、お客さんがね、すごく楽しんでくれたの！」

「そうなの。それは良かったわね」

舞台があった日は、レナはこうしてお客さんの反応とかを楽しそうに話してくれる。

こうして見たら、事務所をクビになった時に落ち込んでいた彼女とは別人みたいね。

……元気になってくれて本当に良かった。

「なんかね、最近また演技が良くなってきた気がするんだ！　とかいって前もオーディション落ちちゃったけど……でも本当にあと少しで何か掴《つか》めるって感じなんだよね！」

「そ、そう……良かったじゃない」

最近、レナはあと少しで何か掴めるってよく言う。アタシは女優じゃないから、何が掴めそうかなんて全くわからないけど……きっと大事な何かを得られそうなんだろう。

証拠に、この一年間で彼女はオーディションに落ちているとはいえ、結果を出しているわけだし。一方、アタシは――。

「そうだ！　あのね、社長さんがエヴァに話したいことがあるって言ってたよ！」

「社長さんって『ピエロ』の？　なんでアタシに？　そもそもどうしてアタシのことを知ってるの？」

「話の内容とかはわかんないけど、エヴァのことを知ってるのは、私がよく社長さんにエヴァの話をよくするからかな。すごく面白い話を書く人がいるんだよってね！」

レナは可愛《かわい》くウィンクしながら話してくる。まったくこの子は……。

「レナ、あんまり適当なこと言っちゃダメでしょ」

「適当じゃないよ。劇団の舞台を何回も観《み》てるけど、エヴァが書いたお話、全部面白かったよ！」

「そ、そう言ってくれるのは嬉《うれ》しいけど……」

「だから、もし明日とか時間あったら来て欲しいって、社長さんが言ってたよ！　時間はいつでも大丈夫だって！」

レナにそう伝えられて、アタシは少し困惑する。

アタシは『ピエロ』に所属しているわけでもないし、一体なんの用事だろう。

「ねえエヴァ、シャワー浴びてもいいかな？　舞台やったら結構汗かいちゃって」

「もちろん使っていいわ。アタシはこれから劇団の練習にいかないといけないし」

「そっか！　練習頑張ってね！」

レナは笑ってそう言うと、浴室の方に向かった。彼女はこの一年間で本当に成長しているんだと思う。だから、いつもすごく楽しそうだ。

一方、アタシはこの一年間……ううん、もうずっと脚本を持ち込んでも失敗してばかりで結果を出せていない。

――夢に近づけていない。

◇◇◇

翌日の昼頃。ちょうどバイトも劇団の練習もなかったアタシは『ピエロ』の事務所に来ていた。建物はちょっとボロくて、とても芸能事務所とは思えない。

本当にここで合っているのかしら……？

不安を抱きつつも、中へ入って受付に自分の名前と社長に呼ばれたことを伝える。

すると、二階の部屋に行くよう言われて、アタシは動くかどうかわからないくらいボロいエレベーターに乗って、二階へ上がって指定された部屋に向かった。

「し、失礼します……」

挨拶しながら部屋に入ると、室内には普通の椅子に座ったスーツ姿の三十代くらいの男性がいた。事務所の社員の人とかかな。

「こんにちは。キミがエヴァさんかい？」

「えっ……は、はい」

答えると、男性はご機嫌な感じで笑った。

「そっかそっか！　レナさんから色々話は聞いているよ。初めまして。オレは『ピエロ』

の社長でアッシュ・マルティネスって言うんだ」

「しゃ、社長さん!?」

男性――アッシュさんの言葉を聞いて、アタシは思わず驚いてしまった。

だって、どっからどう見ても、その……普通の人にしか思えないというか、ぶっちゃけ社長っぽくないわよね。部屋だって社長室みたいな雰囲気全くないし。

「アハハ、そんなに社長っぽく見えなかったかな。まあよく言われるけどね」

「い、いえ……そんなこと思ってないですけど」

「隠さなくていいって。それよりキミには大事な話があるんだ」

「大事な話……ですか？」

アタシが訊《き》き返すと、アッシュさんは頷《うなず》いた。

「実はね、五ヵ月後くらいに結構有名な映画監督が主催の映画祭が開催されるんだ。目的は俳優や脚本家たちの原石を見つけるため。だから、プロアマ問わず自主制作の映画を応募してもいいことになってる」

アッシュさんの話に、私は驚く。

そんな映画祭があるなんて知らなかった。しかもプロアマ問わないって……。

そう思っていると、不意にアッシュさんがこんなことを言い出した。

「それでね、その映画の脚本をエヴァさんに作ってもらいたいんだよ」

「アタシが……ですか？」

訊《き》き返すと、アッシュさんは「そうだよ」とまた頷《うなず》いた。

「だってキミは脚本家でしょ？」

「そ、そうですけど……どうして？」

「うちはまだ小さな事務所でね。職員は数人しかいなくて、まあキャサリンって優秀な部下がいるからギリやっていけているんだけど……俳優だってレナを含めて数人しかいないし、もちろん脚本家もいない。だからレナから良い脚本を書くって聞いていたエヴァさんに依頼したいってわけさ。キミがいる劇団の責任者とはオレが話し合うから。もちろん報酬は出すよ。小さい事務所とは言っても、それくらいは払えるからね」

突然の話に困惑するアタシに、アッシュさんは丁寧に説明してくれた。

「理由はわかりましたけど、期待に応えられるほどの実力を持っているかは……」

「そこは大丈夫だよ。エヴァさんが脚本を担当している『ブルー・シアター』の舞台、もう何度も見に行ったから。キミは面白い話書くなぁって思ったよ」

「えっ、ほ、本当ですか？」

「あぁ、かなり物語について勉強してるってわかる話だった。オレはそういう見る目はめちゃめちゃあるから安心してよ。こう見えても昔は結構有名なプロの劇団の団長だったんだ。脚本も全部オレが書いてた」

「っ⁉　そうなんですか？」

「まあね。一応、それ一本で生活もできてたんだけど……自分が何かやるよりも、夢に向かって必死になってる若い人たちの手助けをしたくなってね。いまはこんな感じさ」

笑いながら話してくれるアッシュさん。……そっか。この人は自分の夢を叶《かな》えて、もう次のステップに行ってるんだ。

「それでどうかな？　脚本の話、引き受けてくれるかい？」

「え、えっと……その……」

正直、すごく引き受けたい気持ちはある。……でも、迷惑にならないかな。この事務所として映画を作るってことは、いま必死に頑張っているレナも出演するだろうし。

「ちなみに、この映画祭で最も面白いと評価された映画は、そのままハリウッド映画になるよ。俳優や脚本家、他のスタッフたちも全てそのままでね」

「っ！　それって映画が一番面白ければすぐにハリウッドデビューってことですか？」

アタシの言葉に、アッシュさんは「その通り」とウィンクする。

一番面白かったらハリウッドデビュー。つまり、アタシの夢が叶うってことだ。

……でも逆に考えたら、もしアタシが書いた話が面白くなかったら、レナの夢が叶う機会を奪ってしまう。……ううん、レナだけじゃなくて映画に関わる他の人たちの夢が叶う機会も奪ってしまうかもしれない。

いまのアタシが、本当に他の人たちの分の夢も背負えるのだろうか。

もうずっと夢に近づけていないアタシが……。

「アッシュさん。その……お話はありがたいんですけど――」

すごく悩んで、アタシがそう口にした瞬間だった。


「エヴァ！　脚本やってよ！」

不意にドアが開いて、聞き覚えがありすぎる声が響く。

振り向くと、レナが立っていた。

「レナさん。キミは演技のレッスン中でしょ？」

「うっ……そうですけど、休憩中にエヴァの姿が見えて、そこからドア越しにこっそり話を聞いてたんです。映画祭の話も全部」

「レナさんにはあとで話そうと思っていたのに……キミはまるでオレみたいだな」

アッシュさんはそう言いながら、額に手を当てて少し呆《あき》れている。

「エヴァ！　エヴァが映画祭の脚本を書いてよ！」

「えっ、で、でもアタシは……」

また同じことをレナに言われて、アタシは返答に困る。

だって、さっきは断ろうとしていたから。

「エヴァが書いたお話、社長さんは面白いって言ってたし、私もすごく面白いって何度も言ってるよね。どうして迷う必要があるの？」

「そ、それは……もしダメだった時にみんなに迷惑をかけちゃうし」

自分のことならまだいい。……でも他人の夢を奪ってしまうのはすごく嫌だ。

「じゃあエヴァが脚本を書かないなら、私は映画祭に出す映画には出ないよ！」

「な、何言ってんのよ⁉」

「エヴァが意味わかんないことを言うからでしょ！　こんな大チャンス二度とないかもしれないんだよ！　エヴァの夢に対する気持ちはそんなものなの？」

「そ、そんなわけないでしょ！」

「じゃあ脚本やろうよ！」

それにアタシはすぐに言葉を返せない。やっぱり他人の夢を背負えるほどの自信がないから……。そんな情けないことを考えていると、レナがこんなことを言い始めた。

「私とエヴァが一緒に夢を叶《かな》えるチャンスなんだよ。私はこの映画祭でエヴァと一緒に夢を叶えたいよ！」

レナの必死な表情を見て、アタシは気づく。

正直、アタシは自分の夢と同じくらいレナの夢も叶って欲しいと思っている。

だって、レナは本当に頑張ってきたから。その頑張りが報われて欲しいと心の底から思っている。……でも、きっとそれはレナも一緒なのかもしれない。

彼女もアタシに夢を叶《かな》えて欲しいと、強く思ってくれているのかもしれない。

だったらアタシは――。

「わかったわ。アッシュさん、アタシが脚本を書きます！」

「いいね～！　そうこなくっちゃ！」

アッシュさんが笑顔でそう言ってくれたあと、脚本のスケジュールとかを話し合った。

その間にレナはレッスンに戻っていったけど、部屋を出て行くときにこっちに嬉《うれ》しそうに笑ってくれて、アタシもなんだか笑ってしまった。

よし！　レナのためにも……ううん、今回の映画に関わる全ての人たちのために、すっごい面白い話を書いてやるわよ！

◇◇◇

映画祭に出す映画の脚本を書くことに決まってから一週間。

まずアタシは様々なジャンルの企画書を、アッシュさんに何本も出し続けた。

彼がゴーサインを出したら、そのまま本格的に脚本を書いていくのだけど……。

「うーん、悪くないけどダメかな」

アッシュさんは悩ましげに答えると、続けてどこがダメか具体的に説明してくれる。

「どれも何かに似たような内容なんだよなぁ。まあどの物語も完全なオリジナルなんてほとんどないから、何かしらに似たりしてしまうのは、仕方がないことなんだけどね。……でもエヴァさんの作った物語にはキミ自身の姿が見えないんだよね。キミだけが作れる物語って感じがしないんだ」

「……そうですか」

アッシュさんの話に、アタシは何も言うことができない。

だって、全部本当のことだから。しかも今まで脚本の持ち込みに言って、よく言われてきたことだ。……アタシ、やっぱり全然成長してないなぁ。

「ごめんね。ちょっとキツく言っちゃったかもしれない」

「……いいえ、大丈夫です。それよりも、また帰って考えます」

「うん。まだ期限には余裕があるし。ゆっくり考えてよ」

アッシュさんに励まされて、アタシは社長室をあとにする。直後、一瞬ため息が出そうになったけど我慢した。……落ち込んでいる場合じゃない。

それよりももっとどう改善するべきか考えないと。

映画祭のことを聞いてから、レナは毎日より一層必死になって頑張っている。

だから、アタシももっともっと頑張らなくちゃ！

◇◇◇

帰宅後。アタシはずっと脚本のことを考えていた。
この数年間。脚本の持ち込みをしても、言われる言葉は同じ。
『キミらしさがない』
要するに、個性がないってこと。
どんな物語にも、その人にしか書けないような特徴がある。
たとえば、強烈な登場キャラクターだったり。
良い意味で人を騙《だま》すような構成だったり。
唯一無二の掛け合いやセリフだったり。
そんな特徴がある――というより、ないといけないんだ。
……けれど、アタシにはアタシにしかない武器がない。
だから、アタシにしか書けない物語も書けない。
もちろん武器を手に入れるために、惜しまず努力もしてきた。
小説、映画とかを問わず言葉通りに数え切れないほどの色んな物語に触れたり、どんな些細《ささい》な情景もヒントになるかもしれないと沢山の写真を撮ったり、プロの脚本家や作家のインタビュー記事を読み漁《あさ》ったり。

どうにかしてアタシにしかない武器を作ろうとした。

……でも、まだアタシにはその武器がないみたい。

平凡。

そんな言葉が頭の中に過《よぎ》る。

やっぱりアタシに、物語を書く才能は——。

「ただいま〜!」

一人悩んでいると、レナが帰ってきた。たしか今日はアルバイトがあったはず。

「おかえり。アルバイトお疲れ様」

「今日もお客さん多くて大変だった〜」

レナは相当疲れているのか、リビングに入って来るなり椅子に座って、テーブルに上半身をバタンと倒す。

「そんなに大変だったのね」

「そうなんだよ〜ずっと動き回ってたね〜。明日もあんな感じかな」

「明日もあるの? 最近、アルバイトの日多いわね」

レナは最近、アルバイトの日が多い。

今まではオーディションとかの関係で、そんなに入れてなかったのに。

「そういえばレナって、最近オーディションとかはどうしてるの？」

「受けてないよ。だって映画祭があるからね」

その言葉に、アタシは驚いてしまう。映画祭のために、オーディションを受けないようにしてくれているんだ。脚本ができたら、すぐに撮影に入らないといけないから。

……脚本ができたら。

「エヴァの脚本、楽しみにしてるね！」

「……う、うん」

アタシが微妙な返事をすると、レナがちょっと心配そうな顔をする。

「ごめん、変にプレッシャーかけちゃった？」

「えっ……そ、そんなことないわよ。脚本はアタシに任せて」

「そっか！　エヴァは毎日すっごく頑張ってるんだから、きっと大丈夫だよ！」

レナが笑って励ましてくれた。こんなにも元気づけてくれるのね。

期待に応えるためにも、彼女と一緒に夢を叶《かな》えるためにも頑張らないと！

レナが大丈夫って言ってくれてるんだから、きっと大丈夫よ！

アタシだけの武器を見つけて、アタシだけが書けるような——そんな面白い物語を書いてみせる！

◇◇◇

十五歳の春休み。

アタシはママの帰省もかねて、日本に家族で旅行に行くことになった。

当時、アタシはすでにハリウッド映画の脚本家になりたいと思っていたものの、両親にはそのことを打ち明けられずにいた。

ママは映画とか好きだし歓迎してくれるかもしれないけど、パパの方は堅物だし夢なんて語っても受け入れてもらえるとは到底思えなかったから。

それでもどうしても脚本家になりたいと、アタシは悩んでいた。

そんなモヤモヤした気持ちをずっと抱えたまま、日本への旅行も始まってしまったんだけど、ママの提案で小さな劇場で舞台を観《み》ることになった。

ちなみに舞台に行くことは、事前に決めていたわけじゃない。買い物を楽しんでいたら、たまたま劇場があって、急にママが舞台を観たいと言い出したの。

そうしたら、たまたま他の人のキャンセルで余っていた席が三人分あったから、当日券を買って観ることになった。

アタシも舞台を観るのは好きだけど、正直パパは嫌そうな顔をしていた。

パパは舞台とか映画とか好きじゃないし。

よく考えたら、元々アタシが物語が嫌いだったのってパパが影響していたりするのかも。

でも、パパはママに色々文句言う割に甘々だから、結局一緒に舞台を観《み》ることになったけどね。

それで劇場に入って、家族三人で舞台を観て——とても面白いと思った！

みんな演技が上手《うま》くて、話も細かいところまでこだわっていて。

これがプロなのか！　って感じたわ！

そして、いつかアタシもこんな風に——ううん、これ以上に面白い話を作って、観る人を楽しませたいなって思ったの。

……でも両親に、というよりパパに自分の夢を打ち明ける勇気がなくて。

舞台に感動しつつも、そんな風に考えていたら——ふと壇上の光景に目を奪われた。

壇上には、少女が立っていた。

それもアタシと同じくらいの年の少女。

ここってプロの舞台だよね？

どうしてアタシと同じくらいの年の子がいるの？

そんな疑問が頭の中に浮かんでくる。

けれど次の瞬間、そんなことなんてどうでもよくなってしまった。

『私の夢の邪魔をするな！』

一瞬で心を撃ち抜かれた。それくらい凄《すさ》まじい演技だった。

正直、アタシは演技のことなんて全くわからないんだけど、なんなら言葉も日本語で全然わからないんだけど。

それでも、なんていうかオーラがすごかった。ただ演技を見ているだけなのに、鳥肌が立ってしまった。あぁ、アタシと変わらない年の少女でもプロなんだって思った。

……本当にすごいと思った。

対して、アタシは夢を目指すかどうか、夢を両親に打ち明けるかどうか。

そんなことでまだ悩んでいる。……めっちゃダサいなって思った。

気持ちは夢を目指したいって強く思っているのに、行動するのに恐《こわ》がって本当にダサい。

だって目の前の少女はもう夢を叶《かな》えて――ううん、まだ夢を追っている最中なのかもしれないけど……アタシなんかよりもずっとずっと前に進んでいる！

だったら、アタシだって――。

それからアタシは舞台を観《み》終えて、劇場から出たあと——二人に打ち明けたんだ。

「ママ、パパ、あのね——アタシはハリウッド映画の脚本家になりたいの！」

◇◇◇

「……うぅ」

目が覚めると、窓から朝陽《あさひ》が差し込んでいた。

最近、昔の夢をよく見る。ハリウッド映画の脚本家になりたいと打ち明けた時。ママは大賛成してくれたけど、パパは予想通りすごく反対して、説得するまでにとても時間がかかった。

まあ今でもちゃんと説得できているかといえば、微妙なところではあるけど。

「……あれ、ここってリビング？」

どうして自分の部屋じゃないんだろう？

まだ少しぼんやりしている意識の中、そんなことを考える。

そっか。映画祭に出す映画の脚本のことを考えていて、寝落ちしちゃったんだ。

周りを見回すと、ネタ集めをするために用意した資料やら小説やら映画のディスクやらが散乱している。……我ながらひどい散らかりようね。

アッシュさんに企画書を出し始めてから、二週間が経《た》った。変わらず何度も企画書を提出し続けているけれど、残念ながらまだ彼が望むようなものは作れていない。

もちろんその結果には、アタシも悔しいけど納得している。

だって、まだアタシにしか作れない物語を作れていないから。

映画祭まではあと四ヵ月ほど。撮影には大体二ヵ月はかかるし、その他の作業のことも色々考えて、そろそろ脚本を書かないとまずい。

企画書――内容さえ決まれば、アタシは書く速さには自信があるからすぐに書けるとは思うけど。肝心の内容が決まらないから相当まずい。

……どうにかしないと。

◇◇◇

企画書のことで悩んでいたアタシは、気分転換もかねて近くの喫茶店に来ていた。

今日はアルバイトも劇団の練習もないし。というか劇団の練習の方は、映画祭のことを話したら、撮影とかも含めて映画祭の作業が全て終わるまで、こっちには無理に来なくてもいいと団長が言ってくれた。

公演をする場合も過去に行った内容をやってくれるって。

アタシのことをこんなにサポートしてくれるのは、ホントにありがたい。正直、劇団のことをやりながら脚本の内容を考えるのは……しんどいから。

あと喫茶店にきた理由は、ずっと部屋の中にこもっていたら、悪いことばかり考えて余計にアイデアも浮かばないと思ったから。それと単純に外の空気が吸いたかった。

……うん、少し元気になった気がする。

でも相変わらず、面白い話は思いつかないけどね。

アタシだけの武器。アタシにしか作れない物語。

何度考えても、思いつかない。

アタシだけの武器って、アタシだけにしか作れない物語ってなんだろう。

そう考えていたら、アタシの向かいにある席に勝手に座ってきた客がいた。

「……アナタ、なんですか？」

注意も含めるように訊《き》くけど、その客は何も答えない。

帽子をかぶった、いかにも怪しい客。……警察を呼んだ方がいいかしら。

怪しんでいたら、目の前の客が急に帽子を脱ぎだした。

「サプライズ」

「っ！　ヴィクトリア!?」

客の正体に気づいて、思わず大きな声を出してしまう。

しかし、すぐに口を押さえてから、急いでヴィクトリアに帽子をかぶせる。

「アンタバカなの!!　なに勝手に帽子脱いでんのよ!?」

「バカじゃない。帽子はサプライズのために脱いだ」

ヴィクトリアは平坦《へいたん》なトーンで言い返してきた。いつもの眠たそうな目をしているせいで、表情だけじゃ感情が見て取れないけど、たぶんちょっと怒っている。

「あのね、いまアンタがどれだけ有名人かわかってるの？　世界でトップクラスに注目されているハリウッド女優なのよ」

「どうせ帽子を脱いだって、みんなワタシだって気づかない」

「そんなわけないでしょ。とにかく帽子はかぶっておきなさい」

「本当に気づかないのに……」

渋々、帽子を深くかぶり直すヴィクトリアに、アタシは呆《あき》れる。彼女はハリウッドデビューして以来、新人の頃から注目されてきたけど、いまはその頃よりも段違いだ。なんたって今年、一番忙しくなるだろうハリウッド女優って言われてるから。

「アンタ、またオリバーさんから逃げてきたわね」

「逃げてないよ。ちょっとオリバーがワタシから目を逸《そ》らしているうちに、こうやって街に散策にきただけ」

そんなヴィクトリアの言い訳にすらなってない言い訳に、アタシはため息をついた。

彼女は子供の頃から、かなり不思議な子だったけど、大人になってからさらに磨きがかかってしまっている気がする。

普通はマシになっていくはずなんだけど……どうしてこうなったのかしら。

「別に理由なく、街に散策しに来たわけじゃないよ。自由に歩き回って色んな人と色んな景色を見たりしたら、演技の役に立つことが多いからだよ」

「それずっと前から何回も聞いてるわ。だからって、オリバーさんに迷惑かけちゃダメでしょ？」

注意すると、ヴィクトリアは少しだけムッとする。

きっと幼馴染《おさななじみ》のアタシしか気づかない僅かな表情の変化だった。

「物事を考えてやることが大事って教えてくれたのは、エヴァでしょ。ワタシなりによく考えた結果、こうやって街を散策したりしてるんだよ」

「……確かに、そんなことを言ったこともあったわね」

四年くらい前、まだヴィクトリアが事務所にも所属していなかった頃。

当時はアタシが先に『ブルー・シアター』の脚本家になっていて、ヴィクトリアがオーディションに受かるためにはどうしたらいいの？　ってアタシに訊《き》いてきた。

だから、アタシは幼馴染として少しでも役に立てたら、と思って、アタシが実践していた〝よく考えること〟を教えた。

まあそうしたら、ヴィクトリアはあっという間にオーディションに受かって、ハリウッドデビューもしちゃったんだけどね……。

「エヴァ、元気ない？　ワタシが来たの迷惑だった？」

色々考えていると、ヴィクトリアが心配そうに訊いてきた。

この幼馴染は不思議なところもあるけど、結局優しいのよね。

「そんなことないわよ。その……なんか飲む？　奢《おご》るわよ」

「飲むけど、奢らなくていい。大好きなエヴァには奢らせたくない。あとエヴァよりお金持ってるから」

「嬉《うれ》しいこととムカつくことを同時に言わないでもらえる？　反応に困るから」

さっき優しいって思ったこと取り消そうかしら、と思っているうちにヴィクトリアは自分でアイスを二つ注文した。飲み物じゃないし、アイスを二つも頼んでるし……めちゃくちゃね。まあ昔から甘いもの好きだし、なんなら食いしん坊だものね。

「ワタシね、エヴァが書く話大好きだよ」

「なによ急に」

注文したアイスを食べながら言うヴィクトリアに、アタシは戸惑う。

嬉しいけど、アイスを食べながら言って欲しくないわね。

まあこういうところは彼女らしいけれど。

「だってやっぱりエヴァが元気ないから。きっと脚本のことで何かあったのかなって」

「普段、のんびりしてるのに、そういうところは鋭いわね」

特に付き合いが長いからか、アタシのことに関しては何かとすぐに気づく。

気づいて欲しいことも、気づかないで欲しいことも。今回は後者ね。

「そうよ。今度、プロアマ問わず参加できる映画祭があるらしいんだけど、それに出す映画の脚本を担当することになったの。でも、なかなか良い話が思いつかなくて……」

「エヴァ、映画祭に出るの⁉」

ヴィクトリアがぐいっと顔を近づけてきた。きゅ、急になに⁉

「そ、そうだけど……どうしたのよ？」

「実はね、ワタシもその映画祭に出るんだよ。作品の役者としてね」

その言葉に、アタシは驚愕《きょうがく》する。

つまり映画祭に参加する作品の中に、ヴィクトリアが出演する作品があるってこと？

この映画祭で良い結果が出たら、アタシの夢も、レナの夢も、みんなの夢も叶《かな》うのに？

「勝負だね。エヴァ」

ヴィクトリアはそう言うと、少しだけ笑った。

まるでアタシが書いた物語と対決できることを楽しむように。

しかしその笑みに、アタシはただただ恐怖するしかなかった。

……どうしてこうなるのよ。

◇◇◇

アパートに帰ってから、リビングでアタシは一人でまた脚本のことを考えていた。

……でも、何も思い浮かばない。

ちなみに、あれから少しヴィクトリアと談笑したけど、彼女が映画祭に参加すると聞いてからその後の内容は一つも覚えていない。

それくらい彼女が映画祭に出てくることが衝撃的だったから。

いま世界でトップクラスに忙しいくせに、どうしてアタシが脚本を書く映画が出る映画祭に出てくるのよ……。深くため息をつく。

正直、ヴィクトリアが出演する映画が出てくるのは、かなり嫌だ。

けれど、そんなことをいちいち気にしてもしょうがない。

こうなってしまったのなら、アタシがとにかく面白い脚本を作るしかない。

ヴィクトリアの演技に負けないような、面白い脚本を。

……面白い脚本を。

本当にできるの？


今まで何も結果を残せていないアタシが、ハリウッド女優の、しかもその中でもトップクラスの演技をするヴィクトリアを超えるような、脚本を作れるの？

才能がないアタシが、そんな脚本を作れるの？

今まで死ぬ気で努力しても夢を叶《かな》えられていないアタシが、そんな脚本を作れるの？

……無理よ。無理に決まってるじゃない。

だって、相手は世界トップクラスのハリウッド女優なのよ。

そんな化物みたいな女優に、アタシごときが張り合えるわけがない。

レナが事務所をクビになって落ち込んだ時、めそめそ泣くなとか言っておいて、結局アタシも一緒だったのね。

今回の映画祭には、レナの夢も、他の人たちの夢も懸かっているのに……ごめん、アタシはもう……。


「エヴァ！」

俯《うつむ》いて泣きそうになっていると、不意に名前を呼ばれた。

見上げると、そこにはレナが立っていた。

「レッスンから帰ってきて、エヴァのことを何回も呼んだんだけど、返事がないから心配したよ」

「えっ……」

レナの言葉に、アタシは戸惑う。

いま気づくまで、彼女の声なんて全く聞こえてなかったから。

「エヴァ、どうかしたの？」

「……別になんでもないわ。それよりも脚本のこと考えなくちゃ」

そう言って自分の部屋に行こうとすると、レナに腕を掴《つか》まれた。

「な、なに？」

「そんな顔して何もないことないでしょ。何か悩んでいるなら私に話してよ」

「話してって……レナに脚本のことを訊《き》いてもわからないでしょ」

相当気分が落ち込んでいるせいか、レナに嫌なことを言ってしまった。

……何やってんのよ、アタシ。

「わからない！」

自分で自分のことを嫌になっていると、レナが堂々とそう口にした。

しかし、次にはニコッと太陽みたいな笑顔になって――。

「でも一人で苦しむよりも、その苦しみを仲間と分け合った方が楽になるでしょ！」

そのたった一言だけで、アタシの中にあった黒い靄《もや》みたいなものが嘘《うそ》みたいに晴れていく気がした。そしてレナと同じように、笑ってしまった。

「なにコミックの主人公みたいなこと言ってるのよ」

「ふっふーん。かっこいいでしょ」

「そうね。最高にかっこいい」

アタシがそう言うと、レナはちょっと照れくさそうに頬《ほお》を掻《か》いた。

まさか現実で本当にコミックみたいなことを言われると思わなかった。

でも、その言葉でアタシはレナに脚本のことを相談することに決めたんだ。

◇◇◇

「そっか。ヴィクトリアも映画祭に女優として参加するんだね」

脚本で悩んでいること、さらにはヴィクトリアのことを全て話し終えると、レナは頷《うなず》きながらそう返した。やっぱり彼女もアタシと同じように恐《こわ》がっているのだろうか。

そんな風に思っていると――。

「良いね！　つまり、強敵を倒したら私たちの夢が叶《かな》うってことでしょ！」

レナは笑って、そんなことを言い出した。

まるでヴィクトリアが敵になって嬉《うれ》しがっているみたい。

「なんでそんな反応になるの。ヴィクトリアがどれだけの女優か知ってるでしょ？」

「もちろんだよ。私なんかじゃ太刀打ちできないくらい演技が上手《うま》いと思う。だって世界から見てもトップクラスの女優だからね」

「じゃあどうして笑えるのよ。今回の映画祭はアタシの夢も、レナの夢も、他の人たちの夢も懸かっているのよ」

「それはもちろん、そんなすごいヴィクトリアに勝って夢を叶えた時が最高に楽しそうだからでしょ！」

レナは躊躇《ためら》いなくそう言い切ってみせた。

本当に彼女はコミックから飛び出してきた人なのかと思ってしまうくらい。正直、カッコイイと思ってしまった。

「任せてよ。いまはヴィクトリアに勝てないと思うけど、撮影する時にはヴィクトリアと張り合えるくらい演技が上手くなってみせるから」

レナはそう言葉にして、ウィンクする。

その姿に、ひょっとしたら彼女なら奇跡を起こしてくれるのかもしれないと思った。

だって、彼女はアタシにはないものを持っているから。

でも、肝心の脚本を書くアタシは――。

「それで、エヴァが脚本でエヴァらしい物語が書けないって話だけど、エヴァには書きたい話とかないの？」

「……書きたい話」

アタシが書きたい話……か。そんなことは考えたこともなかった。

だって、アタシはただより多くの人が面白いと思うものを書きたいと思っていたから。

そのために毎日、努力もしてきた。

レナの質問を聞いて、アタシは真剣に考えてみる。

アタシが書きたい話、アタシが書きたい話。

何度も何度も考えてみる。

ゆっくり時間をかけて、何度も何度も何度も。

そして――。


「……ない」


「？　なんて言ったの？」

レナに訊《き》き返されて、アタシはもう一度はっきり言った。

「アタシが書きたい話なんてないのよ。思いつかないの。誰かが書いた話を読んだり、観《み》たりして、好きだなって思ったことは沢山あるけど、具体的にこういう話を書きたいって思ったことは一度もないのよ」

ハリウッド映画の脚本家になるために、流行《はや》りのジャンル、物語の構成、登場人物、セリフを調べて、研究して、そうやって得たものを使ってアタシは物語を書いてきた。

だから自分がこういうジャンルが好きだから、こういう物語の構成が好きだから、こういう登場人物が好きだから、こういうセリフが好きだから、なんて理由で物語を書いたことはほとんどない。

少なくとも脚本の持ち込みをし始めた頃からは、絶対に一度もない。

だから、今更書きたい話とか訊《き》かれても、答えられないんだ。

そう思ったと同時に気づいた。

アタシには書きたい話がないから、アタシの物語にはアタシらしさがないんだ。

だから……だから——。

「やっぱりアタシには、物語を書く才能がないのよ」

ずっと思っていて、でも絶対に口には出さないようにしていた言葉をついに言ってしまった。

だってこれを口に出してしまうと、アタシの中で張りつめていた何かが切れてしまう気がしたから。……でも、もう耐えられなかった。

ヴィクトリア・ミラー。七瀬《ななせ》レナ。

二人の友達が――仲間があっという間に成長していく中で、アタシだけ置いてけぼり。

レナだっていまはオーディションに受かってないけど、そのうちきっと夢を叶《かな》える。

アタシにはわかる……わかっちゃうのよ。

「そんなことないよ！」

落ち込んでいるアタシに、レナがそんな風に言ってくれる。

さらに続けて彼女は励ましの言葉をくれた。

「急にどうしたのさ！　エヴァに才能がないなんてそんなことないよ！」

「ううん、そんなことあるのよ」

「どうして！　だって私は知ってるよ！　エヴァがどれだけ夢を叶えたいと思っているか！　そのために毎日どれだけ頑張ってるかも私は知ってるよ！　そんなエヴァに才能がないわけないよ！」

「どれだけ夢を叶えたいと思っているかとかどれだけ頑張ってるかとか、才能っていうのはそういうものじゃないのよ！」

アタシは強く言い返すと、棚に積まれた紙の束から一束を手に取る。

次に、それをレナに見せるようにテーブルの上に置いた。

「これはアタシが直近で、持ち込みをした脚本よ」

急な行動に、レナは驚いている。

けれど、アタシは構わず話を続けた。

「この脚本の中にはね……ううん、この脚本の中にも〝アタシ〟が入ってないのよ」

「……エヴァが入っていないって、どういうこと？」

戸惑っているレナに、アタシは丁寧に説明する。

アタシがいかに物語を書く才能がないかってことを。

「物語の構成は二年前のミステリー映画と三年前のＳＦ映画を参考にした、登場キャラクターは昨年のコメディー映画と二年前の恋愛小説を参考にした、セリフは二年前のファンタジー映画と五年前の青春系のドラマを参考にした」

アタシは淡々と話し続ける。

しかし、レナはまだ意味がわかっていないのか、困惑の表情を浮かべていた。

「つまりね、この脚本にはアタシらしさがないの。しかもそれはアタシがハリウッド映画の脚本家になりたいって夢を目指した時から一つも変わっていないのよ」

だからきっとアタシはこれ以上、夢に近づけない。

どれだけ近づきたくても、近づけないのよ。

全ては物語を書く才能がないから。

アタシだけが書ける物語が書けないから。

「これでわかったでしょ。やっぱりアタシには物語を書く才能がないのよ」

ため息混じりに、アタシはそう言う。

でも、レナは否定するようにぶんぶんと首を振った。

「そんなこと言ったら、私だって演技の才能がないよ。オーディションだって落ちてばっかだし。それでも私はまだ夢を諦めるつもりは――」

「そんなことないわ。レナにはちゃんと才能がある」

話の途中でアタシがそう言い切ると、レナは目を見開いた。

「……どうして、そんなことがわかるのさ」

「実はね、十五歳の頃にレナの演技を見たことがあるのよ」

今でもよく覚えている。

ママの里帰りもかねて、日本に旅行に行った時――劇場で観《み》たんだ。

一人の少女がスポットライトに照らされて、その光よりもさらにキラキラと輝く演技をしていた姿を。

その少女がレナだった。

そして、レナの演技を見たアタシは夢を目指すことに決めたんだ。
そんな人の心を強引に動かせてしまう演技ができる人が、演技の才能がないわけない。
だって言葉通り、レナの演技はアタシの人生を変えてしまったのだから。
「だから、レナには絶対に演技の才能があるの」
最後にアタシはもう一度、そう伝えた。
二年前、空港で出会った時。
最初は人違いだと思った。まさかあの子と出会えるわけない。
そんな運命的なことなんてないって。
……でも、レナがうちのアパートに来て、一緒に過ごしていくうちに確信したんだ。
あぁ、レナがアタシに夢を追いかけることを決意させてくれた人なんだって。
そんな人と一緒に夢を目指せるなんて——最高だって思った。
……けれど、もうアタシはもう夢を追いかけることはできないみたい。
だって、アタシには物語を書く才能が——。
「才能がないから、どうするの？」
不意にレナがそう口にした。

驚いたアタシがレナのことを見ると、彼女は明らかに怒っている表情をしていた。

二年以上、レナとは一緒に生活をしてきたけど、こんな表情を見るのは初めてだった。

「才能がないから、夢を諦めるの？」

今度はレナはそう問い詰めてくる。

その言葉に、アタシは少しイラッとしてしまう。

「才能がないのに、どうやって夢を叶《かな》えるのよ」

「じゃあ才能がないと、絶対に夢が叶えられないの？　神様がそう決めたの？」

レナはずっとアタシだけを見つめて、問いかけてくる。

神様が決めたのって……。

「そんなの知らないわよ」

「そうだよ。どんな人の夢が叶うか、どんな人の夢が叶わないかなんて誰にもわからないんだよ。それはきっと神様だってわからない」

レナはそう言い切ると、少し笑みを浮かべながら話を続けた。

「エヴァはさ、物語以外何もいらないんでしょ。二年前に言ってたの、私はよく覚えてるよ。それでね、そんなエヴァの言葉を聞いて、私も頑張らなくちゃ！　って思ったのもよく覚えてる」

……そういえば、そんなことも言ってたわね。

今でも気持ちは変わっていない。アタシの人生から物語がなくなることなんて考えられない。……それでもいまのアタシが夢を追うことは、果てしないほど辛《つら》くて苦しいのよ。

そう思っていると、次の瞬間だった。

「きっとエヴァはね、世界中の誰よりも物語のことが好きなんだよ！」

レナが目一杯の笑顔で、そう言ってくれたんだ。

「もしかしたら、さっき私は嘘《うそ》をついちゃってたのかも。正直ね、私はエヴァに物語を書く才能があるとかないとか、そんなことはわからない。だって、私は人生で一回も物語を書いたことがないから」

今度は、レナが少し申し訳なさそうに話した。

けれど、次にはまた笑って——。

「それでもね、エヴァが世界中の誰よりも物語が好きってことはわかるよ。だってこの部屋を見てみてよ」

レナに言われて、アタシはリビングをぐるりと見回す。

至る所に、映画のディスクや小説、自分が書いた脚本などが大量に積み重ねられている

——アタシが夢を目指した証《あかし》が積み重ねられている。

「だから何度も言うけど、エヴァは世界中の誰よりも物語が好きなんだよ。そんなエヴァが才能がないくらいで、夢を叶《かな》えられないなんて私は思わない」

とんでもないことを言っているように聞こえるけど、不思議とアタシは言葉を返せず、それどころか聞き入ってしまう。

そうしたら、レナはもっととんでもないことを言ってきたんだ。

「だって！　エヴァには夢を叶える才能があると思うから！」

「夢を叶える才能……？」

予想外の言葉に、アタシは思わず訊《き》き返す。

「夢を叶えるのに必要なのは、物語を書く才能なんかじゃなくて夢を叶える才能でしょ？　違う？」

「そ、そんなこと言われても……じゃあその夢を叶える才能ってなんなのよ？」

アタシが戸惑いながらも訊《たず》ねると、

「それはね、きっと何よりも大好きなことがあるってことだよ！」

レナは太陽みたいなまぶしい笑顔で答えてくれた。

「何よりも大好きなことがあって、それは絶対に何にも代えられないもので、そういうものがあるからこそ、その人は本気で夢を抱くと思うんだ」

レナは真っすぐにこっちを見て、語り続ける。

ちゃんとアタシに伝わるように。

「そんな本気で夢を抱いた人が、夢を叶《かな》える才能がないなんてことはない！　絶対に夢を叶えられるかはわからない……でも！　他の才能がないくらいの理由で夢が叶えられないなんてことはないんだよ！」

最後にレナは必死にそう言い切った。

正直、言っていることがめちゃくちゃだ。

こっちは物語を書く才能がないから、面白い物語が書けない、ハリウッド映画の脚本家になれない――夢を叶えられないって話をしているのに。

夢を叶える才能があるなんて言われても、どう反応したらいいのよ。

けれど、彼女の言葉には全て不思議な力強さがあって、そうなのかもしれないと思えてしまう。勇気づけられてしまう。

――まだ頑張ろうかなって思えてしまう。

絶対にアタシには物語を書く才能がない。

それは十五歳から五年間、夢を目指し続けたアタシが思うんだから間違いない。

でも！　アタシは世界中の誰よりも物語が好きだ！

それも間違いない！

レナは言ってくれた。そんなアタシには夢を叶える才能があるって。

そうよ！　物語が大好きで大好きでたまらないアタシが、夢を叶えられないなんてことはない！　もし夢を叶えられないとしても、諦めるのはいまじゃない！

物語を書く才能がないってわかったくらいで、諦めたくない！

だって、アタシはまだ物語が大好きすぎるから！

「ありがとう。レナ」

不意にお礼を言ったからか、レナはきょとんとする。

そんな彼女をちょっと面白く思いながらも、アタシは彼女に伝わるように話し始める。

「正直、夢を諦めようかなって思っちゃってたけど、もう一度頑張ってみるわ」

それでレナはようやく理解したのか、ぱぁーっと明るい表情になった。

本当にレナって、ひまわりみたいな子ね。

「だからね、ありがとう」

「お礼なんていらないよ。これでおあいこだし！」

改めてお礼を言うと、レナは首を横に振ってそう返した。

おあいこって……あぁ、レナが事務所をクビになった時の話ね。

「そう言われれば、確かにおあいこね」

「でしょ！」

お互いそう言うと、二人してクスッと笑った。アタシもレナも、結構キツい思いしてるのね。それでも夢を諦めきれなくて、本当にバカな二人よね。

「あのね、一年くらい前にヴィクトリアが言ってたことなんだけど、夢を叶《かな》えるにはただ努力するんじゃなくて〝よく考えること〟が大事なんだって」

急にレナがそんなことを言い出した。

きっとアタシのためを想《おも》って言ってくれたのだろう。……でも。

「それ、アタシがヴィクトリアに教えたことよ」

「そうなの⁉ あの時のヴィクトリアはまるで自分で考えたように言ってたのに……でもそれなら色々納得かも」

「さらっとヴィクトリアに失礼なこと言ってるわね」

まあ彼女が〝よく考えること〟が大事なんて、いきなり思いつかなそうだものね。幼馴染《おさななじみ》のアタシでも、たまに何考えているのかわからない時があるし。

――でも、そうね。

アタシももう一度〝よく考えること〟をしてみなくちゃ。

いつも以上に、もっと〝よく考える〟のよ。

そうしたら物語を書く才能がないアタシでも、面白い話を書けるかもしれない――ううん、絶対に面白い話を書くの！

「エヴァ、もう何か悩みとかない？　心配ごととか」

「大丈夫よ。今から自分の部屋で脚本のことを考えるわ」

そう答えても、レナはまだ不安そうな顔をしている。

……もう、しょうがないわね。

「レナ、とびっきり面白い話を作ってくるから待ってなさい！」

ビシッと指をさして、そう言い切ってみせる。

きっとその時のアタシの表情は自信に満ちていただろう。

「うん！　待ってるよ！」

そうしたら、レナは満面の笑みを浮かべてくれた。

彼女の笑顔には、本当に勇気づけられる。それくらいの力がある。

そういうところを見ても、やっぱりレナはハリウッド女優になれると思った。

でもね、アタシも負けないわ。

いまはまだレナやヴィクトリアに後れを取っているかもしれないけど、ここから絶対に夢を叶えてみせるんだから！

なんてったって、アタシには夢を叶える才能があるみたいだからね！

二人とも待ってなさい！

◇◇◇

自分の部屋に移動してきたあと、アタシは必死に脚本のことを考えていた。

アタシは自分が書きたい話は思いつかない。

きっと才能がある人は、すぐに思いつくんだろうけど、アタシは思いつかない……というより書きたい話なんてない。

でも、もちろん沢山の人たちが心を動かされるような話を書きたいとは思っている。

よく考えろ、考えろ。

それから一時間、二時間、三時間――ずっと考えて、考えて、考え続けた。

けれど、やはりピンとくる物語が思いつかない。

才能がある人は、どうやって物語を思いついているのかしら。

やっぱり降りてくる、とかそういう感じなのかしら。

そう考えてみると……才能がないって辛《つら》いわよね。

どれだけ考えても、何も思いつかない。

才能がないって……苦しいわよね。

才能がないって――！

そっか。

刹那、唐突にアタシの頭の中に一つの物語が浮かんだ。

才能がないこと。

いっそ、これを物語にしてしまえば――。

それからアタシは朝になるまで、ずっと物語を紡ぎ続けた。

◇◇◇

「終わったぁ……」

翌朝、アタシは映画祭に出す映画の脚本の企画を書き上げた。

窓からは朝陽《あさひ》が差し込んで、眠たくてぼんやりしている意識を少しだけ覚ましてくれる。

内容は……うん！　良い感じだと思う！

とりあえず、これでまたアッシュさんに見せてみよう！

それでダメだったら、また〝よく考えて〟物語を作るしかない。

だって、アタシはまだ夢を諦めるつもりはないからね。

そう思っていると、不意にスマホが鳴った。見てみると、ヴィクトリアからの通話だった。なによ、こんな朝早くに……。

「はい。エヴァよ」

『おっはー、ヴィクトリアだよ』

間の抜けた声で、ヴィクトリアは挨拶をしてきた。

「こんな時間に、なによ?」

『いや、なんか昨日、元気なかったから気になって』

そんな意外な言葉に、アタシは困惑する。

「心配してくれるのはありがたいけど、だからっていま?」

『だって昨日は街をぶらついていたことをオリバーにすごく怒られたし、仕事も夜遅くまであったから深夜に電話するのもなぁって……』

ヴィクトリアは申し訳なさそうな口調で話した。

彼女なりに気を遣った結果が、この朝の電話ってわけね。幼馴染《おさななじみ》とはいえ、昔から本当に不思議な子だわ。……でも、心配してくれるのはすごく嬉《うれ》しいけれど。

「別にアタシは大丈夫よ」

『……本当に?』

「ホントよ。だから心配しないで」

そう言うと、ヴィクトリアは安心したように息を吐く。

そこまで気にしてくれていたのね。不思議な子だけど、やっぱり優しいのよね。

そう思っていると、不意にヴィクトリアに訊《き》きたいことができた。

一瞬、こんなこと訊いてどうするの、と思いつつも、アタシはどうしても訊きたくなって、結局言葉にしてしまった。

「あのさ、才能がない人って夢を叶《かな》えられると思う？」

訊《たず》ねると、ヴィクトリアからの返事がこない。きっと予想外の質問に、驚いているんだと思う。……でも少し経《た》つと、彼女はちゃんと答えてくれた。

『ワタシが叶えているから、叶えられるよ』

今度はヴィクトリアから予想外の言葉が飛び出して、アタシは戸惑ってしまう。

「ヴィクトリアに才能がない？　冗談よね？」

『じゃあ逆に訊くけど、街で帽子もかぶらずに素顔をさらしても、たったの一度も誰にも気づかれないようなハリウッド女優に、本当に才能があると思う？』

またヴィクトリアから驚きの言葉が出て、アタシは何も答えられない。

素顔をさらしても気づかれない……そういえば昨日、ヴィクトリア自身がそんなことを言っていた気がする。でも、まさか本当のことだったなんて。

すると次にヴィクトリアは、さっきとは別のことをアタシに訊いてきた。

『夢を叶《かな》えられる確率が一パーセントくらいだとすると、世界には八千万人くらい夢を叶えている人がいることになるけど、その人たちみんなが才能に恵まれていると思う？』

その質問に、アタシはすぐにイエスとは答えられなかった。

だって確かに八千万人もいたら、その全ての人に必ず才能があるって思えなかったから。

『だからね、才能がないことは、夢を叶えられない言い訳にはできないよ』

不意にヴィクトリアが口にした言葉に、アタシは驚く。

才能がないことは、夢を叶えられない言い訳にはできない……ね。

「結構、厳しいこと言うのね」

『そうかな？　逆に誰かに才能がないから夢を諦めろ、って言われても、夢を諦めなくてもいいんだよ。だって才能なんてものがなくても、夢が叶う可能性はあるんだから』

最後の言葉には、少し温かいものを感じた。

……そっか。ヴィクトリアはこれをアタシに伝えたかったのね。

「まさかヴィクトリアに励まされるなんてね」

『別に励ましてない。ただ思ったことを言っただけ』

時々、ヴィクトリアって素直じゃないところがあるのよね。

……でも、それはまあアタシも同じか。

『でも、ワタシはエヴァには才能があると思うけどね』

「ありがとう。レナも言ってくれたわ。夢を叶える才能があるってね」

『……レナのことは好きだけど、あまりエヴァと仲良すぎるのは許さない』

メラメラとしたオーラが、スマホ越しに伝わってくる。

まったく、どんだけアタシのことが好きなのよ。……まあ嬉《うれ》しいけどね。

「ヴィクトリア、映画祭でアタシが書く物語を楽しみにしてなさい」

アタシが力強く言うと、ヴィクトリアは嬉しそうにクスッと笑った。

『うん、楽しみにしてるね。でも、ワタシも負けないから』

「上等よ。アタシも負けないわ」

それからアタシたちは通話を終えた。

レナにもヴィクトリアにも励まされて、ダメね、アタシ。

でも、二人のおかげですごく元気が出たし、改めて夢を目指そうって気持ちになれた。

だからこそ二人への恩返しの意味も含めて、映画祭で絶対にアタシのとびっきりの物語を披露してやるんだから！

◇◇◇

「その……どうですか？」

今朝書いた脚本の企画をアッシュさんに出すと、彼はずっと真剣な表情でそれを読んでいる。よほど集中しているのか、アタシの質問も聞こえてないみたい。

……やっぱりダメなのかな、と思った時だった。

「うん、いいね！　これでいこう！」

アッシュさんは親指を立てて、そう言ってくれた。

「えっ、ホントですか！」

「本当だよ。この物語はきっとエヴァさんにしか書けないと思う」

もう一度訊《き》くと、アッシュさんはちゃんと理由まで答えてくれた。

……やった……やった！

「でも、一つだけオレから訊いてもいいかな？　キミはどうやってこの物語を思いついたんだい？」

アッシュさんは不思議そうに訊《たず》ねてくる。

彼にとって、アタシがこの物語を書いてきたことは意外なことだったのかもしれない。

「アタシはきっと物語を書く才能がないんです……でも、物語を書く才能がないからこそ書ける物語もあるのかなって」

才能がないと苦しむなら、いっそ才能がないことを武器にしてしまえばいい。

アタシらしさにしてしまえばいい。物語に加えてしまえばいい。

「そうして、この物語が生まれました」

迷いなく言い切ると、アッシュさんは目を見開いたあと、笑った。

「それ、なんか超カッコイイね！　やっぱり脚本をエヴァさんに任せて正解だったよ！」

「ありがとうございます」

アッシュさんみたいな人に脚本を褒められたのなんて、いつ以来だろう。

もちろん嬉《うれ》しい気持ちもあるけど、それよりもちょっと安心した。

まだまだアタシは脚本家として成長できるんだって。

「じゃあこの企画をベースに、脚本を書いてきて欲しいかな」

「わかりました。頑張ります」

いまアッシュさんに出したのは、あくまでも企画——概要みたいなものだから、ここから本格的に脚本を書き始めないといけない。

脚本を書くのが一番大変な作業だけど、アタシはわくわくしていた。

ようやくできたアタシだけが書ける物語。

それをどうやって脚本にしてやろうかなって！

「あっ！　あとアッシュさんにお願いがあるんですけど——」

「ん？　なんだい？」

それからアタシはアッシュさんにお願いを伝えた。

すると、彼は快く承諾してくれた。

なんて柔軟な人なのかしら。うちのパパとは大違いね。

それからアタシは事務所をあとにすると、帰宅するなり脚本を書き始めた。

今日もアルバイトは休みにしてもらっているし、脚本ができるまで劇団の練習は行かなくてもいいように言われているからね。

そうして何時間も脚本を書いているうちに思ったんだ。

やっぱり物語を書くのは楽しいって。

アタシは物語が大好きなんだって、ね！

幕間《まくあい》

「書き終わった～」
脚本の企画が通ってから一週間ほど。
アタシは映画祭に出す映画の脚本を書き終えた。
それからもう一度、軽くパラパラと読み返してみる。
うん！　すごくいい感じね！
これなら観《み》た人に面白いって思ってもらえそう！
そう思っていると、不意にスマホに通話の着信。
画面を見てみると――パパからだった。
……なんでこんな時に。ちょっと嫌な気分になりつつも、通話にでる。
それからパパと結構長い間、話し合って――。
「……わかったわ。じゃあね」
最後にそう返して、通話を終えた。
それから、アタシは深くため息をつく。
まったく、どうしてこうなるのよ……。

第四章　ショットガン・ナウル

アメリカ西部の田舎町に生まれた少女——ナウル・ホワイトはハリウッド映画の脚本家になることを夢見ていた。

しかしナウルの家族は裕福ではなくて、さらに母親は体が弱く、父親は家計を支えるために必死に働いていた。ナウルも母親の代わりに四つ下の妹のシャーロットの世話をしていて、夢を目指すことなんてとても言い出せる状況ではなかった。

しかし、ナウルが十八歳になる頃。夢を諦めて就職しようと思っていた彼女に、実はナウルが脚本家になりたがっていたことを知っていたシャーロットや母親から夢を追って欲しいと言われて、ナウルは迷いながらも最終的には脚本家になるという夢を追うことを決意する。

以降、ナウルは体が弱い母親のことも心配なため、実家に住みつつ長時間、車を運転して都市まで通ってアルバイトしながら脚本の持ち込みを繰り返した。

そうして毎日、必死に努力して、努力して——でも何年かかっても結果が出ることはなかった。

ナウルには脚本家の才能がなかったのだ。

そんなある日。父親が病気で倒れてしまって、彼の医療費を稼ぐためにも、ナウルはいよいよ脚本家になることを諦めようとする。けれど、その父親からも夢を追って欲しいと説得されて、ナウルはあと一年だけ夢を追う覚悟を決める。

そうして、ナウルはまた死ぬ気で努力を繰り返して、ラストチャンスで高熱を出しながらも書き終えた脚本がコンペで一位になって、ハリウッドデビューが決まる。

夢を叶《かな》えたナウルはそれから、自分の映画で得たお金で払えていなかった父親の医療費を払い、さらには病気の治療もしてもらって父親の病気は完治した。

それからナウルはより面白い話を書いて人々に楽しんでもらうために、物語を作り続けるのだった。


「おぉ～やっぱりこの脚本、面白いね！」

事務所が用意した移動用のバスに揺られる中、私は隣に座っているエヴァに伝えた。

「才能がないアタシ自身をモデルにしただけだけどね。でもありがとう。まあそれ聞くのもう百回目くらいだけど」

エヴァはそっけない感じで言葉を返す。

私たちはいま映画祭に出す映画の撮影場所に向かっている。

なんでもロサンゼルスからバスで一時間半くらいの場所にあるのだとか。

そこから二ヵ月くらい泊りがけで、撮影をする。

撮影場所の希望は、脚本を書いたエヴァが出したらしい。

一体、どんなところなんだろう。わくわくするなぁ。

それにもちろんエヴァの脚本は読んだけど、本当に面白い！

これは私も頑張らないと！　練習の成果を見せなくちゃね！

「あれ？　エヴァの頬《ほお》赤いよ！　褒められた時、照れてるの我慢してたんだね！」

「う、うるさい！　もうそろ着くわよ！」

エヴァはまだ顔を赤くしたまま言ってきた。どこでもエヴァはツンデレだね！

◇◇◇

「到着～！」

バスが目的地に着くと、私は外に出てグッと背伸びする。道中、結構揺れてちょっと体が痛いよ……。ちなみに、今回の撮影には社長さんやキャサリンさんたちみたいな『ピエロ』のスタッフはいない。理由は社長さんが私たちに自由にやってもらいたいからだって。

それはなんか社長さんらしいと思った。

「エヴァ、すごい綺麗《きれい》な町だね！」

目の前の光景に、私は興奮気味に口にした。

ロサンゼルスみたいなシティって感じじゃないけど、自然が豊かで、のどかな雰囲気で、景色を眺めているだけで眠くなってしまいそう。

「そうね。まあここってアタシの地元なんだけど」

「そうなの!?」

さらっと発言したエヴァに、アタシは驚く。

ここってエヴァが撮影場所に指定したって聞いたけど……そっか、ここがエヴァの地元なのか。ってことは、ヴィクトリアの地元でもあって、なるほど。こんな町で育ったらあんな眠そうな目になるのも頷《うなず》けるね。

「でも、どうしてここを撮影場所にしたの？」

「単純にアタシの脚本にピッタリだと思ったからよ。ひょっとしたら似たような町が他にもあるのかもしれないけど、ここはロサンゼルスからそれなりに近いし、あと地元だと土地勘があって場面ごとにあった場所とか選びやすいし」

「なるほどね。納得だ」

ちょっとくらいは地元で撮影したいっていう私情とかはあるのかなって思うけど、ちゃんと脚本のことを深く考えて、撮影場所も選んでいるんだ。

いま思えば、毎日努力をしている姿を見ている時や、初めに今回の脚本を読んだ時にも

いなって思う。

感じたけど、エヴァのこういう〝考える力〟って、本当にすごいよね。

私も自分なりに〝よく考えて〟色々やっているけど、きっとエヴァのそれには及ばな

「さてと、さっさと撮影を始めたいから移動しましょう！」

エヴァが指示を出すと今回の映画に関わる役者たち、スタッフたちが一斉に動き出す。

でも、そんなに人数は多くない。『ピエロ』は建物を見てわかる通り、全然大きな事務所じゃなくて、映画制作の資金も大手ほどには出せない。

だから役者やスタッフの人数も最低限だし、機材も大手ほど高いものは使えない。

ゆえに、社長さんはエヴァの脚本と主演を務めることになっている私の演技が、映画祭で勝つためのカギだって言ってた。エヴァはもう素敵な物語を書いてくれている、だから、ここからは私が頑張らなくちゃいけないんだ。

そんなエヴァは、今回なんと映画監督も任されていた。これは社長さんの指名であって、エヴァも承諾している。なんでも『ブルー・シアター』を経営している映画監督の仕事をそれなりに手伝った経験もあるから、大体何をやればいいのかわかっているのだとか。

でも本来はアッシュさんの知り合いのプロの映画監督にやってもらうはずだったんだけど、その人が数日前に体調を崩してしまって、資金とか諸々《もろもろ》の理由で代役を探しても見つからなくて……で、エヴァに決まったんだ。

指名された時、エヴァは一切の迷いなく自分がやると言った。その時の彼女は、何か覚悟が決まっているかのようで、それだけこの映画を成功させたいんだなって感じた。

何度も思うけど、とにかくエヴァはすっごく頑張っている！

だから、私もすっごく頑張らないといけないよね！

◇◇◇

とりあえずバスが停《と》まった場所から近くのモーテルに撮影に必要のない荷物を置いてから衣装に着替えたあと、そこからまたみんなでバスに乗って、最初の撮影場所に移動した。

ちなみに撮影場所の許可や宿泊場所の手配は、全て社長さんが済ませてくれている。

あの人はきっちりしてなさそうで、実際きっちりしていない部分もあるのに、こういうところはきっちりしているんだよね。そういう部分は、よくわからない人だ。

それから最初の撮影場所――家がぽつぽつとあるような、のどかな住宅街に到着すると、

「どう？　似合う？」

私は着替えた衣装を見せて、エヴァに訊《たず》ねた。

さっきのバス移動の時は、隣の席じゃなかったからね。

いまの私はボーイッシュな上下の服を着ている。

さらに髪は赤系の色に染めて、瞳には青いカラーコンタクト。

普段の私と全く違う格好になっていた。

「カッコいいわね。まさに主役って感じ」

エヴァは笑顔で答えてくれた。素直に褒められると、ちょっと照れちゃうなぁ。

「でも、私が本当に主演で良かったの？　もっと他にも良い人がいたんじゃ……」

「いいのよ。脚本を書いている時に、アタシの中では主演はレナだって思っていたから。アッシュさんにも他の演者にも許可は取っているし」

「アッシュさんはともかく、他の役者の人たちの中にはこんなよくわからない娘で大丈夫なのか、とか思われてないかな」

「大丈夫よ。レナが演じている姿を一目でも見たら、みんな一瞬でわかるわ。レナの演技がすごいんだって」

「それはそれでプレッシャーだけど……」

「でも、今まで頑張ってきたんでしょ？」

エヴァはイケるでしょ？　みたいな口調で訊《き》いてくる。

きっと私のことを信頼してくれているんだろう。

「そうだね！　エヴァに頑張ってきた成果を見せなくちゃいけないし、ちゃんと期待に応えてみせるよ！」

「うん！　楽しみにしてる！」

私が自信を持って言うと、エヴァは笑ってそう言ってくれた。

よーし！　エヴァにも、他の人たちにも、進化した私の演技を見せちゃうからね！

そんな風に気合が入っていると、ふとエヴァがずっと持っているものに視線が向く。

「今日さ、ずっとそれ持ってるよね」

エヴァはバスで隣の席だった時も、ずっと綺麗《きれい》な青色のパーカーを持っていた。

私たちのアパートでも、エヴァの部屋でたまに見かける時があったけど、どうして撮影現場にまで持ってきたんだろう。

「これね、実はハリウッド映画の脚本家を目指してこの町から出る時に、ママから貰《もら》ったものなの」

「そうだったんだ！　じゃあ大切な物なんだね」

「ええ。でも、なんかもったいなくて着られなくて、今まで一回も着てないんだけど」

「その気持ち、すごくわかるよ」

大切な人から貰った物って、そう簡単に使えないよね。

私も両親からのプレゼントとか使わないで取っておいちゃうし。

「けどねレナ、考えたんだけど、もし良かったらこのパーカーを着て演技することってできるかしら？」

「えっ、そんなに大切なパーカーなのに？　……大丈夫？」

「大切だから着て欲しいのよ。もちろんストーリーやナウルっていう役とすごく合っているからっていう理由もあるわ」

エヴァはどうしても、という感じで頼み込んでくる。

そんな彼女に、私は安心してもらえるように答えた。

「今回の映画の脚本も監督もエヴァなんだから、エヴァの好きなようにしていいんだよ。私はエヴァが着てって言うなら喜んで着るから！」

「そっか！　それなら良かったわ！」

エヴァはほっとしたような表情を見せると、パーカーを渡してくれる。

それを私は大事に扱いながら着る。

「どう？　似合う？」

「最高よ。さっきよりも倍くらいカッコよくなった」

「これ以上、イケメンになったら困っちゃうな～」

私がそんな風に言うと、エヴァはクスッと笑った。

今日のエヴァはずっと楽しそうにしてる気がする。脚本で悩んでいた頃と比べたら、めちゃめちゃ元気になっているから、本当に良かったよ！

「あっ、あとこれも着けてくれるかしら？」

エヴァの姿に安心していると、不意に彼女から何かを渡された。

見てみると、それはヘアピンで『Ｂａｎｇ』という文字の形をしていた。

「これもパーカーと一緒にママがくれたものなの」

エヴァの言葉に、私はちょっと納得する。

だって最初に見た時、エヴァに似合いそうなヘアピンだなって思ったから。

「これも着けて演技してってことだよね？　エヴァがそうしたいなら、もちろんだよ」

「ふふっ、ありがとう」

エヴァからヘアピンを受け取ると、これも大事に扱いながら髪に着けた。

「どう？　似合う？」

「最高よ。さっきより、さらに倍くらいカッコよくなったわ」

三度、同じ質問をすると、エヴァはウィンクしながらそう言ってくれた。

このイケメン度なら世界中の女の子をみんな惚《ほ》れさせちゃうかも！　なんて調子のいいことを思っていたら、スタッフから呼ばれちゃった。そろそろ撮影が始まるみたい。

「じゃあ行きましょうか」

「そうだね！　私の演技、よーく見ててよ！」

「ええ、よーく見ておくわ」

会話を交わしたあと、なんだか楽しくなっちゃって二人して笑い合った。

よし！　エヴァが大切な物を預けてくれたんだから、最高の演技を見せないとね！

もちろん今回は日本語で演技なんてしない。この一年間、英語でも繊細で良い演技ができるように必死で練習してきたから。

絶対にこの映画を観《み》た人たちが、すっごく楽しめるような演技をしてみせるよ！

心の中で意気込んだあと、撮影が始まった。

最初の撮影シーンは、ナウルが夢を諦めて就職しようとしてた時に、母親と妹のシャーロットに説得されて、夢を目指すことを決意する場面。

ナウルの家でのシーンだけど、住宅は許可を得て貸してもらっている。

それから私も他の役者さんたちも、緊張感がある空気の中、順調に演技をしていって。


『ワタシね、夢に向かって頑張ってみるよ!!』


私の最後のセリフが終わって、最初の撮影は無事撮り終えた。

すると、他のスタッフさんや役者さんたちがじっと私のことを見ている。

えっ、これなに？　どういうこと？

ちょっと戸惑いながらも、エヴァにどうだったか訊《き》くために彼女がいる方へ近寄ると、

「みんな驚いているのよ。レナの演技がすごすぎるから」

声をかける前に、エヴァの方から伝えられた。

続けて、彼女は微笑《ほほえ》みながら、

「やっぱりレナを主役にして良かった」

私に向かってそんな風に言ってくれた。

たったそれだけの言葉で、私は今まで頑張ってきて本当に良かったなって思えたんだ！

◇◇◇

最初の撮影が終わってからも、順調に撮影が進んでいった。

そして休憩時間になると、私はエヴァと一緒に町を少し散策することにした。

提案したのは、私。だって、エヴァとヴィクトリアが育った町ってすごく気になるからね。ちなみに、ちょっとした休憩だから衣装はそのままだ。

「散策っていっても、特に案内する場所もないわよ」

「そんなことないでしょ。あの畑とかめっちゃ気になるし」

「ただのブドウ畑よ。この町はワインの生産が盛んだから」

「ワイン！　飲んでみたいなぁ」

「やめときなさいよ。アンタ、お酒めっちゃ弱いのに」

「うっ……まあそうだけど」

エヴァに指摘されて、言葉に詰まる。実は私はお酒があまり飲めない。二十歳の誕生日に少しお酒を飲んだけど、アルコールが低いやつでもあっという間に酔って爆睡してしまった。ワインってアルコール度数高いって聞くし確かにやめておいた方がいいかも。

「おい！　エヴァ！」

そんなお酒トークをしていたら、不意に男性の声が聞こえた。

視線を向けると、そこにはワイルドな金髪の男性と優しそうな雰囲気の黒髪の女性がいた。二人とも四十代くらい。……誰だろう？　エヴァの知り合いかな？

「……パパ」

疑問に思っていたら、エヴァの言葉を聞いて驚く。

あの人がエヴァのお父さん⁉　ってことは、隣にいる人がエヴァのお母さんってことだよね。……確かによく見たらエヴァと二人は似てるかも。

強そうな雰囲気とか容姿とかはお父さんに似ているけど、優しそうな感じはお母さんに似ている感じがするね。だってエヴァもツンツンするけど、すごく優しいし。

「撮影があるって聞いていたが、よそ者をつれてもう来てたんだな」

「クルーズさん。エヴァのお仕事のお仲間をよそ者とか言っちゃダメですよ」

「別にいいんだよ、ケイコ。よそ者はよそ者じゃねぇか」

エヴァのお母さん——ケイコさんが注意するけど、エヴァのお父さん——クルーズさんは全く悪びれていない様子。うわぁ……なんか口調といい雰囲気といい、クルーズさんはエヴァのツンの部分を百倍くらいにした感じだなぁ。

「パパ、撮影に協力してくれているみんなを、よそ者呼ばわりしないで」

「オマエまでそんなこと言いやがって……」

クルーズさんは鋭い視線を、エヴァに向ける。

私に向けられているわけじゃないのに、めっちゃ恐《こわ》い……。

「そちらの方も、エヴァのお仕事のお仲間さんですか？」

不意にケイコさんが私に目を向けながら、エヴァに訊《たず》ねた。

「そうよママ。レナは仲間で、大事な友達よ」

唐突なエヴァの言葉に、私はちょっと感動してしまう。まさかエヴァがそこまで私のことを想《おも》ってくれていたなんて。あとで十回くらい、エヴァとハグをしちゃおう。

「あらそう！　いつもエヴァがお世話になってます」

「えっ……いえいえ！　お世話になってるのはこっちの方です！　エヴァはめっちゃ優しい子です！」

「そうですか。それは嬉《うれ》しいですね」

ケイコさんはゆったりとした口調で言うと、微笑《ほほえ》んだ。こう言うのはよくなど、彼女はクルーズさんとは違って女神みたいな人だなぁ。まるで正反対の夫婦だ。

「そういえば、そのパーカーとヘアピン……」

「あっ、これはその……」

ケイコさんに、私が身に着けているパーカーとヘアピンを指摘されて、戸惑う。

どう説明しよう……。

「アタシがレナにこの格好で演技をしてくれって頼んだのよ。レナは今回の映画の主演で、その役とママがくれたパーカーとヘアピンがより映画を良くしてくれると思ったから」

「そうだったのね。エヴァが決めたことなら、私は良いと思うわ。それにいま会ったばかりだけど、レナさんなら大切にしてくれそうだものね」

そう言葉にしたケイコさんに視線を向けられた。

「はい！　もちろん大切に扱ってます！」

「ふふっ、ありがとう」

私が全力で頷《うなず》くと、ケイコさんがまた微笑んだ。

彼女を見ていると、とても心が安らぐなぁ。なんていうか、溢《あふ》れる母性がすごい。

「そんなことよりも、約束は覚えているんだろうな？」

少し和んだ空気をかき消すかのように、クルーズさんが鋭く訊ねた。

私のことをそんなことって……ちょっと悲しいよ。

そんなクルーズさんに、エヴァはため息をつく。

「覚えてるわよ。……じゃあアタシたちはそろそろ戻らなくちゃいけないから」

「おい待て！　本当に覚えているんだろうな！」

この場を立ち去ろうとするエヴァに、クルーズさんが声を荒らげる。

「クルーズさん。そんなに怒鳴っちゃダメです。エヴァに嫌われちゃいますよ」

「っ！　でもよ……」

ケイコさんが宥《なだ》めると、クルーズさんはようやく大人しくなった。

なんか雰囲気悪いなぁ……。

「エヴァ、撮影頑張ってね」

「うん。ありがとうママ」

ケイコさんが微笑《ほほえ》みながら伝えると、エヴァは立ち止まって言葉を返した。

その時のエヴァの表情は、とても嬉《うれ》しそうだった。

これだけ見るに、ケイコさんとはすごく仲良さそうだけど……。

「エヴァって、お父さんと仲悪いの？」

クルーズさんたちからだいぶ離れてから、私は訊《たず》ねた。

「パパはアタシがハリウッド映画の脚本家を目指すことに反対していたのよ。でもママも説得に協力してくれて、なんとかいまは夢を追えてはいるけど……まだアタシが夢を目指すことに反対って気持ちは変わっていないはずよ」

「……そっか」

エヴァは夢を目指すまでにも苦労したんだね。

私はアメリカ行きも、両親からは心配されることはあっても反対はされなかったから、彼女が夢を目指すまでにどれだけ大変な思いをしたかは想像できない。

だけど、めちゃくちゃ頑張ったんだろうなぁ……エヴァは本当にすごい。

でも彼女は仲が悪いとは答えなかったから、クルーズさんのことが嫌いってわけじゃないんだと思う。大きなすれ違いがあるって感じかな。

「そういえば、約束がどうとか言ってたけど、それってなに？」

「それよりも、そろそろ休憩時間終わるから走らないと」

エヴァに言われて、スマホで時間を確認すると、もうあと数分で休憩時間が終わりそうだった。ほんとじゃん!?　それから私とエヴァは走って撮影場所に戻った。

なんとか撮影時間には間に合ったけど、結局、約束のことは訊《き》きそびれてしまった。

……一体、なんの約束なんだろう。

◇◇◇

撮影が始まってから一週間が経《た》った。多少遅れはあるものの、おおむね順調にスケジュールは進んでいた。私の演技も、順調といえば順調。

少なくとも以前の私よりは、だいぶマシになっているとは思っている。

「ふぅ、疲れた」

撮影の合間の休憩中。私は撮影場所からやや離れたところの噴水が見える場所で一人休んでいた。ベンチに座りながら、ペットボトルの水を少し飲んでのんびりしていると、

「あっ、オマエ……」

不意に声が聞こえてそちらを見ると、クルーズさんがいた。

ラフな格好で、散歩でもしていたのかも。もしくはエヴァに会いにきたとか。

前は仲悪そうに見えたけど、親子だもんね。

ていうかオマエって、私の名前を覚えてないんだ……。

「こんにちは。エヴァならあっちですよ」

私は挨拶をしたあと、エヴァがいる方を指さす。

しかしクルーズさんはそっちへは行こうとはせず、立ち止まったまま。

「オマエ、エヴァの友達なんだよな?」

「えっと……そうですけど」

急に質問されて私は少し戸惑いながら答えた。……エヴァに会わなくていいのかな。

「エヴァの様子はどうだ？」

「様子って、撮影の時はめちゃめちゃ頑張ってますし、すごく助かってますよ」

「それもそうだが……その普段とか」

クルーズさんが言いにくそうに言葉にすると、私はなんとなく察する。

「エヴァのことが心配なんですか？」

「っ！　う、うるせぇ！」

突然、大声を出すクルーズさん。しかし、今回はさすがに恐《こわ》くはなかった。

なるほど。エヴァのツンデレはクルーズさんから受け継いだのか。

「そんなにエヴァのことを想《おも》っているのに、彼女が夢を目指すことには反対なんですか？」

単純に疑問に思ったから、訊《き》いてみた。だって、わざわざ私にエヴァの様子を訊いてきたり、たぶんいま撮影現場の近くに来てるのだって、エヴァのことが心配だからで……そんな娘想いの父親が簡単にエヴァの夢に反対するのかなって不思議に思ったから。

「……エヴァから聞いたのか？」

「えっ……そうですね。エヴァがお父さんはまだ夢を目指すことに反対してるって」

そう話したけど……あれ、あんまりエヴァから聞いたとか言わない方が良かったかな。

そんな不安を抱いていると、クルーズさんが話し始めた。

「まあそうだな。オレはエヴァが脚本家になりたいっていうのは反対だ。しかもハリウッド映画の脚本家だなんて……」

「なんでですか？　無理だって思っているからですか？」

「そうだ。オレは無理だと思っている」

迷いなく断言するクルーズさんに、私は少しカチンときた。せっかくエヴァが必死に夢を追っているのに、なんの躊躇《ちゅうちょ》もなく無理とか言っちゃうなんて。

「無理かどうかなんて、そんなのわからないじゃないですか」

「そうだな、わからないな。でも無理かもしれないだろ？」

「でも夢が叶《かな》うかもしれませんよ？」

そう言い返してやったので、正直睨《にら》まれたりするのかと思ったけど……クルーズさんはなぜか大きなため息をついた。……えっ、もしかして相手にされてない？

そんな風に思っていたら、クルーズさんがこんなことを言い出した。

「いいか？　目の前に二つの道がある。一つは遊園地に繋《つな》がる道。もう一つは先が見えない、いばらの道」

「……急になんですか？」

意味がわからない唐突な話に、私は困惑して訊《たず》ねた。

「まあ最後まで聞け。その二つの道のどちらかに、自分の子供が一人で走っていこうとしている。もし遊園地がある方へ走っていったら、オレは子供が楽しそうにしている姿を眺めながら、ゆっくり後ろからついていくだろう。……でも、いばらの道の方へ行ったら、全力で腕を掴《つか》んで止める。たとえいばらの道の先に片方よりもデカくて楽しい最高の遊園地がある可能性があったとしてもな」

クルーズさんの話を最後まで聞いて、ようやく少し理解できた気がする。

きっとこれはクルーズさんが、どれだけエヴァを大切に想《おも》っているかという話だ。

「親っていうのは、そういうもんなんだよ。苦しいことの先に最高の幸せが待っているかもしれなくても、自分の子供にはその苦しみすら味わって欲しくないのさ」

クルーズさんは、さっき私がエヴァがいるって言った方向を眺めながら話した。

彼が言いたいことはわかる気がする……けど。

「それに子供を〝産む〟ってことは、子供を〝殺す〟ってことだからな」

不意にクルーズさんの口から出てきた強い言葉に、私は驚いてしまう。

「殺すって……なんかすごいこと言いましたけど」

「別に変な意味じゃねぇ」

クルーズさんは首を横に振ると、いまの言葉の意味を説明し始めた。

「子供が生まれたら、その子供は絶対にいつか死ぬ。死を経験することになる。親の子供が欲しいっていう身勝手でな。だからこそ、オレのような親は死ぬ気で子供を幸せにしなくちゃいけないんだよ」

そんな彼の真剣な言葉を聞いて、私は一瞬、何も言えなくなってしまう。

クルーズさんは、エヴァのことを本当に大切に想《おも》っている。

自分の子供を本気で幸せにしたいと思っている。

その強すぎる気持ちは、本当に尊重したいと思った。

でも……。

「それじゃあどんな人も夢を目指せなくなっちゃいますよ」

「夢って必ず目指さなくちゃいけないのか？　みんな夢を叶《かな》えて最高の人生にしなくちゃいけないのか？　普通の人生じゃダメなのか？」

「そ、それは……」

また私は何も言えなくなる。いまのクルーズさんの話を聞いて、それでも夢を目指した方がいいって答えられるほど、私は人生を生きていない。

そもそも私はまだ夢を叶えてすらいないから、そんな私が何を言っても説得力に欠けると……そう思ってしまった。

「オレは普通にブドウ農家をやって、普通に好きな人と結婚して、普通に生きてるけど、充分幸せだぞ」

最後に、クルーズさんはそう言って、自分の話を終えた。

トドメを刺された気分だった。

　それからクルーズさんは家に戻ると言い出して、私も撮影時間が迫っているからそろそろ戻らないといけない。

「あの、最後に一つ質問いいですか？」

「ん？　なんだ？」

「その……エヴァとの約束って、なんですか？」

　訊《たず》ねると、クルーズさんは驚いたように目を見開く。

「オマエ、エヴァの友達なのに知らなかったのか」

「えっと……はい」

　ちょっと戸惑いながら、頷《うなず》いた。私が知っておかないといけないことなのだろうか。

　でも親子の約束なのに、友達が知っておかないといけないことってなんだろう。

　そんな疑問を抱いていると、クルーズさんは友達なら知っておいた方がいい、と約束のことを教えてくれた。

「エヴァとの約束っていうのはな——」

◇◇◇

　クルーズさんと話し合ったあと。撮影は問題なく終わって、私は少し考えごとをしたくて散歩してからモーテルに戻ると、部屋の中にはエヴァがいて真剣に台本を読んでいた。

彼女とは今回の撮影期間では同部屋だ。きっと明日の撮影のことについて考えているんだろう。けれど、真剣すぎて私が帰ってきたことすら気づいてない……。

「ただいま」

「あっ、レナ。おかえり」

私が声をかけると、ようやくエヴァがこっちを向いた。

チラッと見える台本には、とてつもない量の書き込みがあった。

当然だけど、それだけ今回の映画に気持ちが入っているんだ。

これにはエヴァの夢だけじゃなくて、色んな人の夢が懸かっているんだから。

……でもクルーズさんから聞いた話だと、きっとエヴァにとってはそれだけが理由じゃなくて。

「レナ、晩ご飯買っておいたから一緒に食べましょう」

私が部屋着に着替えたタイミングで、エヴァがそう言ってくれた。

「えっ、でもいま作業中だったんじゃ……」

「いいのよ。ちょっと休憩したかったことだし」

エヴァは袋から、フライドチキンとポテトを取り出す。撮影中のご飯は近くの大衆食堂で買えるファーストフードばかりだ。手軽に買えて、手軽に食べられるからね。

「どうしたの？　食べないの？」

「た、食べるよ……うん」

動かない私にエヴァが訊《たず》ねて、私はエヴァの対面の椅子に座る。

けれど、正直いまは晩ご飯を食べる気分にはなれなくて……。

「何かあったの？」

「な、なんで？」

「だってずっと食べ物に手を付けないし、そもそも帰ってきてから明らかに様子がおかしいでしょ。何かあったんでしょ？」

「そ、その……」

私はクルーズさんから聞いた約束のことを、話した方がいいのか悩む。

やっぱり知らないフリをしておいた方がいいのかな。

それとも話してしまった方がいいのかな。

「何かあったなら言いなさい。アタシとレナは友達で、一緒に夢を追う仲間でしょ」

すごく迷っているとエヴァにそう言われて——私は話すことに決めた。

エヴァは大切な友達で、仲間だから。

「エヴァってさ、もし今回の映画がダメだったら夢を諦めてこの町に帰るの？」

訊《たず》ねると、エヴァは驚いた表情を見せたあと、ため息をついた。

「……もしかしてパパから聞いたの？」

「えっ……うん」

「そう。ちょいちょい撮影を覗《のぞ》き見してると思ったら、余計なこと言って……」

エヴァは呆《あき》れたように呟《つぶや》く。

どうやらエヴァはクルーズさんが彼女のことを心配して撮影場所に来ていたことを知っていたみたい。しかも、彼女の言葉からして今日より前から来ていたっぽい。

「それで、その……本当なの？」

「ええ、パパとそういう約束なのよ」

その言葉を聞いて、私は改めて驚いた。

だってエヴァは誰よりも夢に向かって真摯に頑張っているのに……。

「どうにかして説得とかできなかったの？　そもそもエヴァだったらそんな約束なんてしないとか言いそうなのに……」

「前にパパから電話が来てね、懇願されたのよ。頼むからもう普通に生きてくれって。あの頑固なパパからね」

エヴァは寂しそうな笑みを浮かべながら、そう言った。

「そんなことされたら、さすがに子供としては無視できないじゃない。だからアタシは映画祭のことを話して、今回の映画でハリウッド映画の脚本家になれなかったら地元に帰るっていう約束をしたのよ」

「……そっか」

私も両親との約束を破ってまでアメリカにいることはできないと思っているから、エヴァの気持ちはよくわかる。だから、これ以上エヴァとクルーズさんの約束について何か言うことはできなかった。

それにいまの話を聞いてわかった。結局、エヴァもクルーズさんもお互いのことを大切に想《おも》っているんだ。だって父親は娘に幸せになって欲しいから普通に生きるように望んで、娘は父親に心配をかけたくないから映画祭がダメだったら夢を諦めることに決めたから。

「でも心配しないで。どうせこの映画で結果を出して、アタシは夢を叶《かな》えるんだから」

エヴァはそう言って笑ってみせる。

そんな彼女の笑みからは、正直かなり疲れが見えていた。

当然だ。だって撮影が始まってから、彼女は撮影の時間は役者を含む全てのスタッフに指示を出して、モーテルに帰ってきてからはずっと台本と睨《にら》めっこ。

ご飯を食べる時間以外、ロクに休んですらいない。

そんないまの彼女の姿を見ているとクルーズさんが話していた、いばらの道の先に最高の結末が待っていたとしても、エヴァに苦しんで欲しくないってことがわかる気がした。

だからだろうか。私はこんな質問をしてしまったんだ。

「エヴァってさ、もし夢を追わずに普通の人生を歩んでいたら、とか考えたことある？」

その質問に、エヴァはちょっと驚いた顔をしたものの、

「あるわけないでしょ」

きっぱりと即答した。

そんな彼女に、逆に私が驚いてしまう。

「いきなりなによ。もしかしてそれもパパに何か言われたの？」

「えっ、そ、それは……」

正直に答えるべきか迷っていると、エヴァはまた大きなため息をついた。

やっちゃった。たぶんこれはもうバレちゃってる。

「そもそもね、普通の人生を送れたらどうなってたんだろうとか、そんなことを考えるやつが本気で夢を叶《かな》えようとか思うわけないでしょ」

「それは……確かにそうかもしれないけど……」

私が曖昧な感じの言葉を返すと、

「そうなのよ！　だってアタシたちは普通の人生じゃ楽しめなくなっちゃったから、こうして夢を目指してるんでしょうが！」

そんなエヴァの迷いない言葉に、私はすごく共感した。

そうだ。彼女が言った通り、きっと私たちは普通の人生じゃ満足できない。

別に普通の人生じゃダメだとか、決してそういうことじゃない。

けれど、私やエヴァは何よりも大好きなものを見つけてしまって、夢を抱いてしまった時から、もう普通に生きることなんてできないし、望んでないんだ。

なぜなら私たちは大好きなことが、大好きすぎるから！

「アタシもレナも、とっくにイカれちゃってんのよ」

エヴァは強気な笑顔を見せて、そう言ってのけた。

そう。私たちはもう夢を追わずにはいられない。そういう体になってしまっている。

そういえばエヴァが二年くらい前に言っていた。

友達と喋《しゃべ》るのも、ゲームをするのも、美味《お》しいご飯を食べるのも楽しいけれど、彼女にとってそれは生きる理由にまではならないって。

物語のためだけに生きたいんだって。

それは私だって同じだ。

演技のためだけに生きていきたい。これからもずっと。

だからこそ――。

「エヴァ、絶対に今度の映画祭でハリウッドデビュー決めようね！」

「今更なに言ってんのよ。当たり前でしょ！」

会話を交わしたあと、二人して笑い合った。

もし今回の映画がダメだったら、エヴァはこの町に帰ってしまう。

でも、そんなことさせないよ！

私の演技で、エヴァが作った最高の物語をより最高にして！

絶対に二人で夢を叶《かな》えるんだ！

◇◇◇

深夜。エヴァも寝てしまった頃。私は横になっても眠れなくて、一人で起きていた。

理由は、私の演技だ。

いまの私は以前よりも、だいぶ演技は良くなっていると思う。……けれど、いまの私で確実にヴィクトリアに勝てるかと訊《き》かれたら、わからない。

ううん。ちょっと見栄《みえ》を張ったかも。きっとまだ敵《かな》わない。

それでも映画祭は映画が評価されるわけで、お互いの主演の演技だけで評価が決まるわけじゃないから、エヴァの物語だったり他の役者さんの演技だったり演出だったり。

そういうものを全て合わせたら、全く勝ち目がないってこともないと思っていた。

それに今回がダメでも、また次があると思っていたし……。

だけど、エヴァにはもうその次はない。

だから！　いま私はなんとしてもヴィクトリアの演技に匹敵する、もしくはより魅力的な演技をしなくちゃいけない！

じゃあどうすれば、いまの私はヴィクトリアの演技に追いつける？

どうすれば追いこせる？

今回も事務所をクビになった時と同じだ。

考えろ！

どうすれば私の演技はより良くなるか。

考えて、考えて、考えて――考えるんだ！

それから私はずっと考え続けた。

いまの私の演技をもっと、もっと良くするために。

ずっと、ずっと、ずっと考え続けた。

自分の弱さから決して目を背けず全て受け入れて、答えが出るまで、ずっと――。

◇◇◇

翌朝。今日の撮影場所はモーテルから近くにある小さな公園で、一足先に到着した。

既に衣装に着替えていて準備は万端なんだけど、まだ撮影が始まるまで余裕があるから、少し散歩でもしてみると――。

「あっ」

なんかキョロキョロと辺りを見回しているクルーズさんがいた。……撮影場所を探してるのかな。きっと今日もエヴァの様子を見に来たんだと思う。

「おはようございます！」

「っ！　な、なんだオマエか……」

挨拶するとクルーズさんはちょっと驚きつつも相手が私でほっとした反応を見せる。

きっとエヴァだったら、まずいと思ったんだろう。

「今日もエヴァの様子を見に来たんですか？」

「……うるせぇなぁ」

クルーズさんは顔を背けながら答えた。今日も昨日と変わらずツンデレだぁ。

「ちなみにクルーズさんが撮影を覗《のぞ》いていること、エヴァにバレてますよ」

「っ⁉　本当か⁉」

それに私が頷《うなず》くと、クルーズさんは最悪だ、とばかりに頭を抱えた。そりゃ何回も覗いていたら、さすがにバレちゃうでしょ、なんて思いつつも私は丁度いいとも思った。

だって、私はクルーズさんと話したいことがあったから。

本当は撮影の合間の休憩時間に、どうせ今日もエヴァのことを心配して来ているだろうクルーズさんと話そうと思っていたんだけど、いま会ったのは本当にタイミングが良い。

「クルーズさん、少し話したいことがあるんですけど、いいですか？」

「話したいこと？　なんだよそれ」

クルーズさんにそう訊《き》き返されて、私は話し始めた。

「昨日言ってましたよね。エヴァに苦しんで欲しくない。エヴァのことを幸せにしなくちゃいけないって。だからエヴァには最高の幸せより、普通の幸せを望むんだって」

「……まあ言ったな」

クルーズさんは首を縦に振った。正直、彼の言いたいことはよくわかる。

私も今後、誰かと結婚することがあって、子供ができたとしたら、自分の子供にはリスクのあることをして欲しくない、夢を追って欲しくないって思っちゃうかもしれない。

でも――。

「じゃあクルーズさんは、エヴァに夢を叶《かな》えて欲しくないんですか？」

「そ、それは……」

私の問いに、クルーズさんは迷った顔を見せる。

昨日からずっと少しだけ引っ掛かっていた。死ぬ気で幸せにしたいくらい娘のことを大切に想《おも》っている彼は、本当にエヴァが夢を目指すことを望んでいないのかって。

「できることなら、エヴァに夢を叶《かな》えて欲しいんじゃないんですか？　ハリウッド映画の脚本家になって欲しいんじゃないんですか？　だから、こうやって毎日夢に向かって頑張っているエヴァの姿を見に来てるんじゃないんですか？」

昨日のエヴァの話を聞いて、クルーズさんがずっと撮影を覗《のぞ》いていたことを知って、思ったんだ。

きっと彼は本当はエヴァに死ぬほど夢を叶えて欲しいって思ってるんじゃないかって。

すると、クルーズさんは迷ったように少しの間沈黙してから、話してくれた。

「……そうだよ。そりゃそうに決まってるだろ。親が娘の夢を応援しないわけがない。……でも、昨日も言ったがそれで苦しんでも欲しくないんだよ。アイツは頭の回転が速いし、普通に生きようと思えば今からでも余裕でできるんだよ」

苦渋の表情で語るクルーズさんからは、親としての葛藤が見えた。

夢を追って欲しいけど、それで不幸になって欲しくもない。

だから、できるなら普通に生きて普通に幸せになって欲しいって。

けれど、私は知っている。というよりエヴァ自身から聞いてしまったんだ。

彼女はもう普通の人生じゃ物足りないって。

だからこそ、物語のためだけに生きるために夢を叶えるんだって。

「娘の夢を応援するべきか、それとも娘に普通の人生を歩んでもらうべきか。クルーズさんのその悩みが簡単に解決する方法があるって言ったらどうします？」

「……なんだよ急に。言っとくが、エヴァとの約束をナシにする気はないぞ」

「大丈夫です。そんなことはしなくてもいいんです」

私がきっぱり言うと、クルーズさんは困惑の表情を浮かべる。

そんな彼に、私は躊躇《ためら》いなく言ってやったんだ。

「だって今回の映画祭で、私たちの映画がトップを取ればエヴァの夢が叶うんですから！」

そんな発言に、クルーズさんは予想外だったのか驚いたように目を見開く。

「それはエヴァから聞いて知ってるが……できんのかよ」

「できます！　でも、そのためにはクルーズさんの協力が必要なんです！」

私の言葉に、クルーズさんは首を傾《かし》げた。ちょっと意味がわからなかったみたい。

「エヴァのことを教えてくれませんか？　生まれた時から今に至るまで、エヴァの全てを教えてください」

「えっ……まあ別にいいが、映画と関係あんのかよ？」

「あります！　だから、どうか教えてください！　エヴァの夢を叶えるためにも！」

頭を下げてお願いすると、それから少しだけ静かな時間が流れて、

「……わかった。まずエヴァが生まれた時の頃から話せばいいか？」

クルーズさんは小さな笑みを浮かべながら、そう言ってくれた。

「はい！　よろしくお願いします！」

それから私はクルーズさんからエヴァの全てを聞いた。

――エヴァの夢を叶《かな》えるために。

◇◇◇

「あらレナ。おはよう」

撮影場所に戻ると、エヴァがパイプ椅子に座りながら挨拶をしてくれた。

今朝はエヴァが起きる前に出てきちゃったから、彼女とはこれが今日初めての会話だ。

「おはよう、エヴァ」

「起きたら部屋にいなかったから、先にこっちに来たと思っていたのに……どこ行っていたの？」

「それはね、内緒！」

私は口元に指を当てて、お茶目《ちゃめ》に笑ってみせる。すると、エヴァもくすっと笑った。

「なによそれ、まあいいわ。それよりも今日も頼んだわよ」

「任せてよ。とびっきりの演技を見せてあげるから！」

私は自信満々に言うと、撮影の準備に入る。

その間、私はさっきクルーズさんから聞いた話を思い返していた。

昨日までの私の演技を超えるために。

そして——ヴィクトリアに勝つために。

昨晩、私はどうしたらヴィクトリアの演技に勝てるか考えていた。

そうして、一つの答えを出したんだ。

今回の映画の主人公——ナウル・ホワイトはエヴァ自身をモデルにしたものだ。本人もそう言っていた。だったら、やるべきことも自然と見えてくる。

それは、エヴァのことをより詳しく知ること。

この二年間。エヴァとずっと一緒に暮らしてきたから、私はエヴァのことをよく知っている。加えて、努力もしてきたから、ナウルの演技には自信はあった。

実際、以前の私よりもずっと良い演技ができていたと今でも思っている。

……でも、それじゃあまだ足りない。ヴィクトリアには届かない。

だからこそ、もっとエヴァのことを知らなくちゃ、私が知らないエヴァのことを知らなくちゃいけないと思った。

ゆえに、私はクルーズさんにエヴァのことを聞いたんだ。

彼女について知らないことをなくすためにね。

だから、いまの私は言葉通り、エヴァの全てを知っている。
子供の頃に、いじめっ子の男子を一人で撃退したことも。
学生時代に、二日丸々眠らずに映画鑑賞をし続けていたことも。
夢を追っている最中も、毎年、両親の誕生日にプレゼントを贈っていることも。
――全て知っている。
そんな私はたぶん完璧なナウル・ホワイトを演じることができる！
感覚でわかるんだ！
「いくわよ！　レナ！」
エヴァに言われて、私は静かに頷《うなず》く。
あぁ、わかる。
きっと、いまの私は最高の演技ができるよ。
そして――撮影が始まった。

◇◇◇

「レナ！」

一つ目の撮影が終わったあと、不意にエヴァが急いで駆け寄ってきた。

Bang

しかも、両肩をガシッて掴《つか》んできた。な、なに⁉　どうしたの⁉

「アンタ、いまの演技どうしたの？」

「ど、どうしたって……ダメだった？」

不安になって訊《き》くと、エヴァはぶんぶんと首を横に振る。

「違うわよ！　最高なの！」

「ほ、ほんと⁉」

「そうよ！　今までもすごかったのに……なんていうかもっとナウルになったというか、ナウルがレナに乗り移ったみたいな……そんな演技だった！」

エヴァは嬉《うれ》しそうに言ってくれて、それで私はほっと息を吐いた。

良かった。私が準備したことは間違ってなかったみたい。

「ほら見て！　みんなも驚いてるわよ！」

エヴァに言われて、私は周りの人たちを見ると、みんなはびっくりしたような表情で私のことをずっと見ていた。

こうやって見られるのは撮影期間で二回目だけど……今回はちょっと恥ずかしいな。

「でも、急にどうしたのよ？　何かしたの？」

「そんなの決まってるよ！」

エヴァが不思議そうに訊いてくると、私は笑ってこう言ってみせたんだ。

「よーく考えたんだよ！　それだけ！」

◇◇◇

それから撮影は進んでいき、時々遅れは出てしまったものの、大きな問題なくスケジュールをこなしていって——ついに撮影の最終日を迎えた。

今日の撮影が終わったら、ロサンゼルスに帰ってエヴァやスタッフさんたちが作業をしたあと、私たちの映画が完成する。だから、最後は最高よりも最高の演技をしちゃおう！　ってそう意気込んでいたんだけど……。

「ひどい熱ね」

エヴァは私の額に手を当てながら、心配そうに言った。私はモーテルのベッドで寝込んでいて、かなり咳《せき》も出ていた。……最悪だ。こんな時に体調不良だなんて。

「今日の撮影は難しそうね」

「えっ……で、でも今日で撮影は終わりなんじゃ……ごほっ」

話している途中で咳が出てしまうと、エヴァが優しく背中をさすってくれる。

「安心しなさい。今日が撮影最終日の予定ではあるけど、こんなこともあるかと思って数日くらいの予備日はあるから」

「で、でも、それだと他のみんなの予定とかは……」

「大丈夫よ。さっき最後の撮影に関わる役者やスタッフたちに訊《き》いたけど、みんな問題ないって言ってたから。映画が完成しない方が嫌だって」

エヴァは安心させるように、柔らかい口調でそう言ってくれた。

「……ごめん」

「どうして謝るのよ。体調が崩れるなんてしょうがないことでしょ。それよりも今日はゆっくり休んで、なるべく早く体調を治しなさい」

エヴァはそう告げると「何か体に良いものを買ってきてあげる」と言って、部屋から出ようとする。そんな彼女にどうしても訊きたいことがあって、私は呼び止めた。

「あのさエヴァ、もし予備日のうちに私の体調が戻らなかったら、どうなるの？」

「その時は……まあ残念だけど映画は諦めるしかないわね」

エヴァは私を不安にさせないためか、軽いトーンで言葉を返した。

私のせいで映画がダメになっちゃうなんて……そんなの絶対にさせない！

「必ず体調を治してみせるから！　……ごほっ」

「大丈夫⁉　無理して喋《しゃべ》らないでいいから、早く休みなさい」

エヴァはそう言ってまた優しく背中をさすってくれたあと、私のために買い物に出かけてくれた。……絶対に映画はダメにはさせないよ。

だってこの映画には、エヴァの夢も、私の夢も、みんなの夢も懸かっているんだから。

だから、なんとしても体調を治さないと。

そしてこの映画で、映画祭でトップを取ってみんなで夢を叶《かな》えるんだ。

◇◇◇

あれから二日が経《た》って、予備日も今日で最後となった。

……しかし、私の体調は回復するどころか悪化していた。

「ごほっ！　ごほっ！」

「レナ!?　大丈夫!?」

ベッドで横になっている私が激しく咳《せき》をすると、エヴァが駆け寄ってきてくれる。

「だ、大丈夫……そ、それよりも撮影は？」

「そ、それは……」

私が訊《たず》ねると、エヴァは目を逸《そ》らした。

予備日はもうないんだから、絶対に今日で撮影しないといけないはずだ。

そうしないと……映画が完成しない。

「撮影……しなくちゃ」

「っ⁉　な、何してるの⁉」

私が何とかベッドから起き上がろうとすると、エヴァが止める。

「無茶《むちゃ》よ！　起き上がろうとするだけで、ふらふらしてるじゃない！」

「む、無茶でもやらなくちゃ……そうじゃないと映画が……」

エヴァの制止を無理やり振り払って、私は立ち上がる。

そうして衣装に着替えようとするが――。

「ごほっ！　ごほっ！」

また激しく咳《せき》をしたあと、その場で倒れ込んでしまった。

「だから無茶よ！　もう止《や》めて！」

「や、止めないよ……だって、この映画にはみんなの夢が懸かってるんだから」

「そうだけど……それはまた次に挑戦したらいいじゃない。他の人たちのことはアタシが説得するから」

エヴァは私の背中をさすってくれながら、そう言ってくれる。

彼女はいつもこうだ。

空港で私が置き引きにあった時も、事務所をクビになった時も。

肝心な時に、優しくしてくれて助けてくれる。

今回もこのままいったら、私に無理をさせまいと映画を諦めると言い出すんだろう。

でも――。

「エヴァには、次がないでしょ！」

私は叫んだあと、また咳をしてしまう。

しかし、そんなことは関係ないとばかりに話を続けた。

「私のせいで、こんな形でエヴァの夢を終わらせたくない」

「で、でも……そんな体じゃ無理よ」

「無理じゃない。私は……やるよ。エヴァがどれだけ止めてもやる。死んでもやる」

エヴァのことを見つめながら、真剣に伝えた。

アメリカに来てから、彼女には何度も助けられた。

彼女のおかげで、私はいまこの場にいると言っても過言ではない。

だから！　今度は私がエヴァを助けるんだ！

私の演技で！　エヴァの夢を絶対に叶《かな》えるんだ！

「もう一度言うよ。私は撮影をする。だから準備をさせて」

再び真っすぐな言葉で伝えると、エヴァは暫《しばら》く黙って迷った表情を見せたあと、最後にはしょうがない、と言わんばかりに大きなため息をついた。

「……わかった。その代わり、少しでも無理そうなら、病院へ連れていくわよ。こんな田舎でも一応病院くらいあるから」

「……ありがとう」

長く話したせいか、少し弱々しい声で言葉を返したあと。

私は衣装に着替えて、撮影の準備を始めた。

衣装に着替える時とかは、エヴァが手伝ってくれた。

やっぱり私のルームメイトは本当に優しくて、本当に頼りになる。

◇◇◇

「レナの体調が良くないから、なるべく一発でいくわよ！　だから録音ミスとかそういうの絶対にないようにね！」

撮影現場に着くと、他のスタッフさんが手早く撮影の準備をしてくれた。

みんな私の体調のことを知ってるから、なんとか早く終わらせようとしてくれている。

……エヴァだけじゃなくて、みんな本当に頼りになる人たちだ。

それから私はすぐに演技をする準備に入る。

最後に撮るところは、病気で倒れてしまった父親に夢を追って欲しいと説得されて、あと一年だけ夢を追うと決めたナウルが、ラストチャンスのコンペ用に高熱を出しながらも決死の思いで脚本を書き終える場面。

このシーンには、ナウルと妹のシャーロットが出てきて、高熱でも原稿を書き続けるナウルをシャーロットが止めようとするけど、それを振り払って自分がどれだけ夢を叶《かな》えたいか、物語に懸けているかを語りながら脚本を書き続けるんだ。

よく考えたら、本当に高熱が出ている私と相性が良いシーンだよね。

……良い演技ができる気がする！

体調が悪いせいでぼんやりした頭の中で、そんなことを考える。

すると——。

「いくわよ！」

エヴァがそう言ったのち、指を立ててカウントを始めた。

3、2、1——撮影が始まる。

『お姉ちゃん!?　また脚本書いてるの!?』

ナウルの部屋。高熱でふらふらのナウルが、最後のチャンスのコンペ用の脚本を書いていたら、シャーロットに見つかってしまった。

『……そうだよ。いま書かないとコンペに間に合わないから』

『ママがパパのお見舞に行ってるからって、隙を見て脚本書いちゃダメだよ！　どれだけ熱があると思ってるの！』

シャーロットは怒って強引にナウルの手を止めようとするけど、ナウルはそれを振り払ってでも脚本を書くことを止《や》めない。

だって、いま書くことを止めてしまったら、絶対に一生後悔するから。

『このままだと死んじゃうよ……』

シャーロットは泣きそうになっている。

そんな彼女に少し申し訳なさもあるけど、やっぱりナウルは手を止めない。

だって——。

『死んだっていいんだよ。夢を叶《かな》えるためなら、死んだっていい』

そうだ。もしこのまま物語を書きながら、死んでしまったとしてもなんの悔いもない。

ナウルが物語と出会った瞬間から、彼女には物語のため以外に生きる理由なんてないから。やるべきことをやり切らなかったせいで夢を叶えられずに生きるよりも、夢を叶えるために必死に頑張って死んだ方がマシだ。

きっとナウルはそう思っている。

私とエヴァと同じだ。

エヴァも物語のためなら、なんだってできる。

私も演技のためなら、なんだってできる。

だから、きっと三人とも同じなんだ。

『夢を叶《かな》えたいのはわかるよ。アタシもお姉ちゃんに夢を叶えて欲しいよ……でも、どうしてそこまでするの？』

シャーロットは変わらず泣きそうなまま、いやもう涙を流しながら訊《たず》ねてくる。

どうしてここまでするのか？

そうだよね。普通なら意味わかんないよね。

死にそうになってまで、何かをするなんてあり得ないよね。

……だけどナウルにとっても、私にとっても、きっとエヴァにとっても、これは当たり前のことなんだよ。

だって、それくらいの覚悟がないと夢なんて叶わないから。

でもね、夢を叶えたいからって理由だけで、ここまでするわけでもないんだよ。

私にとっては演技が――。

ナウルとエヴァにとっては――。

『物語が大好きだから！』

◇◇◇

「……うぅ」

目が覚めると、見えたのは全く知らない天井だった。

……もしかして、天国？　私、本当に死んじゃった？

「レナ！」

まだはっきりしない意識の中でそんなことを考えていたら、不意に名前を呼ばれた。

視線を向けると、そこにはエヴァがいた。

良かった。エヴァがいるってことは、私はまだ生きてるみたい。

「ようやく目が覚めたのね！」

「エ、エヴァ……お、おはよ――ぐはっ！」

挨拶しようとしたら、エヴァが急に抱きついてきた。

しかも、かなり力が強い。く、苦しい……。

「っ！　ご、ごめんなさい！」

すぐに私が苦しそうにしていることに気づいてくれたのか、エヴァは謝りながら私から離れる。……こ、今度こそ死ぬかと思った。

「その……エヴァ、ここって病院？」

一旦、落ち着いて辺りを見回すと、どう見ても病室っぽかった。

「そうよ。最後の撮影が終わった直後に、レナは倒れちゃって……それでこの病院に運ばれたの」

「なるほどね〜」

「なるほどね、じゃないわよ。あんなに無茶《むちゃ》して、どれだけ心配したと思ってるの？」

エヴァは少し怒った口調でそう言う。

でもこんなに心配してくれてるってわかったら、ちょっと嬉《うれ》しくなっちゃうな。

「でも生きてるし！　なんならいまの体調は絶好調だし！　大丈夫、大丈夫！」

「大丈夫って……」

私が元気に伝えると、今度はエヴァは呆《あき》れたように額に手を当てた。

それからエヴァから病状のことを聞いたけど、風邪をこじらせただけでひどい病気とかではなかったらしい。

きっと風邪気味だと気づかずに、夜通し台本のチェックとかをしていたせいだろう。

そうでもしないとヴィクトリアには絶対に敵《かな》わないから、これぱっかりは仕方ない。

「なんかお腹空《なかす》いてきたな」

「それはそうでしょ。丸二日くらい眠ってたんだから」

「丸二日も!?」

それはお腹も空くし、体調も良くなるわけだ。

私が起きた時、エヴァが泣きそうになったのも頷《うなず》ける。

その後、エヴァが何か軽い食べ物を買ってくる、と病室を出て行こうとするけど。

「ねえエヴァ。映画は完成したんだよね？」

一応、訊《き》いてみる。ひょっとしたら、撮影が終わってから私が倒れたっていうのはエヴァの嘘《うそ》で、本当は撮り終わる前に、私が倒れたっていう可能性もあるし。

すると、エヴァは綺麗《きれい》な笑みを浮かべて――。

「もちろんよ！　レナ、アンタはホントに！　ホントに最高の女優だった！」

「ほ、本当？　本当に完成したの？」

「ホントだって言ってるでしょ。まだ他の作業とかあるから完成したって言うと若干違うかもしれないけど、ちゃんと完成したらレナに一番に見せてあげる！」

エヴァの言葉を聞いて、私は大きく息を吐いた。

嬉しいっていうよりも、安心したんだ。

私のせいで映画がダメにならなくて良かった……本当に良かった。

そうやって安堵《あんど》したと同時に、ふと一つのことが頭に浮かんだ。

そういえば――。

「映画のタイトルって、もう決めたの？」

訊《たず》ねると、エヴァは少し自信ありげな笑みを浮かべながら答えてくれたんだ。

物語を書く才能がなかったナウル・ホワイトが、血のにじむような努力を繰り返して、ハリウッド映画の脚本家になるという夢を叶《かな》えて、彼女の物語という弾丸で世界中の人々の心を撃ち抜く物語。

その物語の名は——。

『ショットガン・ナウル』

◇◇◇

撮影が終わってから約一ヵ月半後。私たちの映画——『ショットガン・ナウル』は無事に撮影以外の作業も終わって、映画祭に応募することができた。

そして一〇〇〇作品以上の応募があった中で、一次選考、二次選考、と順調に選考を通過して——最終選考まで残ることができたんだ！

だから『ショットガン・ナウル』の制作に関わった人たちは、みんな映画祭の授賞式の会場に呼ばれることになった。

ここで女優賞や脚本賞、最も優秀な映画に送られる最高賞などの発表が行われる。

そしてその最高賞こそが、私たちが一番取りたい賞だ。

最終選考を通過した作品の関係者たちは、たとえ作品や自身がなんの賞も授賞しなくても全員この授賞式に呼ばれるらしい。

そうして授賞式の日を迎えた私は、エヴァと一緒に会場内を歩いていたんだけど……授賞式っていうよりパーティーみたいだなぁ。

「あっ、エヴァ。レナ」

そんなことを思っていたら、不意に名前を呼ばれた。

呼んだのは、ヴィクトリアだった。

彼女は綺麗《きれい》なドレスに身を包んで、まるでお姫様みたい……だけど、いつもの眠そうな目がちょっとお姫様感をなくしている気がする。

ちなみに、私やエヴァもドレスコードに従った服装をしている。

最初はいつものパーカー姿でいこうと思ったんだけど、エヴァに怒られて渋々ドレスを着ている。私とエヴァのドレスはどっちもレンタルだ。なにせお金がないからね。

「久しぶりだね！　ヴィクトリア！」

「ヴィクトリア、久しぶりね」

「うん。二人とも久しぶり」

三人で挨拶を交わしたあと、みんなで笑い合う。

ヴィクトリアと会うのは、本当に久しぶりだ。撮影とかで忙しかったこともあるけど、たぶん四ヵ月ぶりくらい。

エヴァは、ヴィクトリアにはもしこの映画祭で結果が残せなかったら夢を諦めることは伝えていないらしい。彼女曰《いわ》く、いまとなっては差が出てしまったけど、かつて一緒に夢を追っていた幼馴染《おさななじみ》には、なかなか伝えづらいのだとか。

それにまだ夢を諦めることになるかどうかは決まってないから、だって。

そうだよ。結果さえ残せればなんの問題もないんだ。

「そういえばオリバーさんは？　今日はいないのかしら？」

「オリバーはずっと付いてきて面倒だから撒《ま》いてきた」

「アンタね……」

ヴィクトリアの発言に、エヴァは呆《あき》れたようにため息をついた。

オリバーさん、絶対に怒っているだろうなぁ。

「ここにいるってことはさ、やっぱりヴィクトリアが出ている作品も、最後まで残ったんだね」

「当然。だってワタシがいるから」

ヴィクトリアの強気な言葉に、私は彼女らしいなと思った。

普段は眠そうな顔をしている彼女だけど、心には情熱的なものを持っているから。

「エヴァとレナの作品も、最後まで残ったんだね」

「当然だよ！　だって私がいるからね！」

敢《あ》えて、さっきのヴィクトリアの言葉を真似《まね》てみると、ヴィクトリアとエヴァは二人ともくすっと笑った。三人でいる時のこの感じ、本当に久しぶりだ。

それからお互いの作品のことを訊《き》いたりして暫《しばら》く雑談をしていると、そろそろ授賞の発表をするとのアナウンスがあった。

直後、照明が消えて、会場内にある壇上のみ照らされる。

「それでは皆さん、長らくお待たせしましたが、今回の映画祭の授賞の発表をしたいと思います！」

壇上で喋《しゃべ》っているのは、今回のMCで雇われたであろう女性の芸能人。たしか有名なモデルさんだったかな。正直、芸能人に詳しくないからあんまり知らないけど。

それからMCの自己紹介だったり（MCの人はソフィアさんっていう名前みたい）映画祭についての説明を改めてしたりしたあと。

「では、早速発表に移りたいと思います！　最初に発表されるのは脚本賞です！」

刹那、隣にいるエヴァを見てみると、緊張感が増したような表情をしていた。

当然だよね。だっていまエヴァが最高賞と並んで、一番欲しい賞だと思うから。

しかも彼女が脚本賞を取ることができたら、最高賞にグッと近づくと思う。

それにもし最高賞がダメでも、脚本賞を取ってしまえばクルーズさんも彼女が夢を追うことを許してくれるかもしれないし。

「では発表します！　今回の映画祭の脚本賞は――」

ＭＣのソフィアさんが敢《あ》えてタメを作って、発表を焦《じ》らす。

その間、会場内にとんでもない緊張感が走る。

きっとこの場にいる脚本家、全員が受賞したいんだ。だって、ここにいる脚本家はみんなエヴァと同じように全てを懸けて物語を書いてきたから。

そして――脚本賞が発表された。

「『ハッピーライフ』のアーロン・ウルフさんです！」

その瞬間、心配になってエヴァの表情を見てみると、彼女は悔しい気持ちと悲しい気持ちが入り混じったような顔を浮かべていた。

「……ごめん、レナ」

「ううん、謝らないでよ。エヴァはすごく頑張ってた。エヴァは最高の話を書いたよ」

「……ありがとう」

エヴァを励ますと、彼女の表情に少し元気が戻った。そうだよ、これで終わりじゃないんだよ。私たちは最高賞を取れたらいいんだから。まだまだ終わってないよ。

「っていうか『ハッピーライフ』って、ヴィクトリアの作品の人だよね？」

「みたいだね。ワタシは脚本家の名前とかいちいち覚えてないから、誰この人って感じだけど」

「アンタって、ホントにマイペースというか自由人ね」

興味なさそうにあくびをしているヴィクトリアに、エヴァは呆《あき》れる。

本当にヴィクトリアらしいなぁ……。

それから、授賞の発表は特に問題なく進んでいって――。

「次は女優賞の発表をしたいと思います！」

来た！　と思った。それはもちろん私が受賞したいって気持ちもあるけど、もしこれで私が女優賞を取ることができたら、最高賞を取れる確率だってすごく上がるんじゃないかって思ってるから。

逆に、もし取れなかったら、これまで『ショットガン・ナウル』に関わった人たちで何かを受賞した人は一人もいないから……最高賞を取るのは相当厳しくなるかもしれない。

でも機材とかには大きな資金はかけられなかったし、そういう関係の賞が取れないのはしょうがない。わかっていたことだ。

だからこそ社長さんは映画祭で勝つためには、エヴァの脚本と私の演技がカギだって言ったんだ。

エヴァは残念ながら脚本賞を取れなかったけど、彼女にしか作れない素敵な物語を作ってくれた。だから、そんな彼女の必死の頑張りに応えるためにも、私が絶対に女優賞を取ってみせるんだ。

「レナ、勝負だね」

「そうだね、ヴィクトリア」

強気な姿勢を見せるヴィクトリアに、私も強気に言葉を返した。

相手はいま大人気のハリウッド女優。……でも負けられない！

「では発表します！　今回の映画祭の女優賞は――」

また会場内に緊張感が走る。受賞発表の度に『ショットガン・ナウル』に関わった人が受賞して欲しいって思って緊張はしていたけど、今回は自分のことだから、さすがにそれ以上にものすごく緊張している。

ぶっちゃけ心臓が壊れちゃいそうなくらい鼓動が激しい。

……だけど、負けられない！　負けたくない！

そう思っている中、女優賞が発表された。

「『ハッピーライフ』のヴィクトリア・ミラーさんです！」

「……嘘《うそ》、だよね」

結果を聞いて、私は一瞬、頭の中が真っ白になってしまう。……ダメだった。負けた。

やっぱりハリウッド女優には敵《かな》わなかった。……ううん、ハリウッド女優がどうとかそんなの関係ない。私の実力不足だ。私の力が足りないせいで……。

「……レナ」

エヴァが心配そうに声をかけてくれるけど、彼女の方を振り向けない。

だって、このままだと最高賞を取れる可能性が――。

「で、本当は女優賞の発表はここで終わりなんですが、実は女優賞の選考には、かなり難航していたらしく……審査員の方たちの判断で、今回は特別にもう一人の女優の方に特別女優賞を授与することに決定しました！」

不意にソフィアさんが言うと、会場内が少しざわつく。

……特別女優賞？　と困惑していると、すぐに特別女優賞の発表に移る。

「今回の映画祭の特別女優賞は――」

ソフィアさんは今までと変わらず、敢《あ》えて間を作って――発表した。

「『ショットガン・ナウル』のレナ・ナナセさんです！」

……レナ・ナナセって私？　私だ!!

私が特別女優賞ってことだよね！　よし！　よーし!!

審査にかなり難航していたってことは、きっと私の演技がヴィクトリアの演技に負けてないって思われたってことだ。

これで、まだ『ショットガン・ナウル』が最高賞を取れる可能性はあるはず！

「レナ！　やったじゃない！」

「うん！　やったよエヴァ！」

二人して喜び合っていると、ヴィクトリアと目が合う。

彼女は少し嬉《うれ》しそうな顔をしていた。

「やるね、レナ。正直びっくりした」

「ヴィクトリアが女優賞を獲《と》ったからね。私だって負けてられないよ。このまま最高賞も貰《もら》うから」

「ダメ。それは渡さない」

バチバチと火花を散らす私とヴィクトリア。そんな私たちを見て、エヴァは少し心配そうにしていた。大丈夫だよ、急に喧嘩《けんか》とかしないから。

そもそも私とヴィクトリアって一回も喧嘩したことないし。

その後、また他の賞の発表があって——ついに最高賞の発表に移った。

「それでは最後に、最も評価された作品に贈られる、最高賞を発表したいと思います！」

その瞬間、私は自然と力が入った。

隣を見てみると、エヴァもとてつもないほど緊張している。

あまり表情に出ないヴィクトリアも、さすがに顔がこわばっていた。

会場内も今日で一番、張りつめた空気が流れている。

もしここで『ショットガン・ナウル』が選ばれなければ、エヴァはもう夢を追いかけられなくなってしまう。……そんなの絶対に嫌だ。

だから、私はエヴァと一緒に夢を叶《かな》えたい！　いまここで！

私はエヴァの手を握る。するとエヴァは、最初は驚いた反応をしたけど、強く握り返してくれた。

そうだよ。エヴァは最高の物語を作った。

私も今までで最高の演技をした自負はある。

だから大丈夫！　絶対に最高賞は取れる！

「エヴァ、一緒に夢を叶えるよ」

「そうね。これで一緒に夢を叶えましょう」

二人でそう話して笑い合ったあと、運命の時間がやってくる。

言葉通り、私たちの運命を決める時間だ。

「それでは発表します！　この映画祭で最も評価された映画は――」

◇◇◇

映画祭から一ヵ月後。

私はエヴァと一緒に空港にいた。

それはもちろん今からハリウッド映画を撮るためにロケハンに行くため――なんかではなくて。

「その……忘れ物ない？」

「ないわよ。何度も確認したし。それに部屋にあった映画の資料とかも引っ越し業者に頼んだし」

私が訊《たず》ねると、エヴァは明るい口調で言葉を返してくれる。

「心置きなく地元に帰れるわ」

「……エヴァ」

そう。これからエヴァは自分が生まれた町へ帰ってしまう。

そして、きっともう二度と私たちのアパートには戻ってこないだろう。

だって彼女はもう夢を諦めなければいけないから。

映画祭はダメだった。

結局、最高賞を受賞したのはヴィクトリアが主演を務めた『ハッピーライフ』だった。

……でも、発表のあとで映画祭の会場内にいた審査員の人たちの話を聞いたら『ショットガン・ナウル』と『ハッピーライフ』でかなり意見が割れたみたい。

けれど、最終的には『ハッピーライフ』になってしまったんだけど。

あと一歩、足りなかった。

「……ごめん。私のせいで」

「なに言ってんのよ。特別女優賞もらったレナのせいなわけないでしょ」

「……でも私がもっと良い演技をして、ヴィクトリアから女優賞を奪うくらいの演技をしていたら」

「舐《な》めんじゃないわよ。相手は現役のハリウッド女優よ。しかもいま超人気のね。そんな女優相手に張り合ったレナは何も悪くない、っていうかスゴイわよ」

エヴァは褒めてくれるけど、結果が出ていなかったら意味がない。私はヴィクトリアに負けたんだ。しかも、大切な仲間の夢が懸かっている、大事な場面で。

「それにね、そもそもアタシがもっと良い物語を書いていれば良かったのよ」

「そんなことないよ！　エヴァのお話は素敵だったよ！　本当にすごく良かった！」

「ありがとう。……でも、今更こんなこと話してもしょうがないわね。全部終わったことなんだし」

「……そうだね」

全部終わったこと。その言葉に、私はただ言葉を返すだけしかできなかった。

……エヴァの夢を終わらせてしまって、本当に自分が情けなくて仕方がない。

「さてと、そろそろ行かないと」

「えっ、もう……？」

エヴァがスマホで時間を確かめると、私はそんなことを言ってしまう。

正直、もう少し彼女と一緒にいたい。話していたい。

「そんな悲しい顔しないの。二度と会えないってわけでもないでしょ。連絡先はお互い知ってるんだし」

「だけど、もう前みたいに毎日会えないし、毎日一緒に夢を追いかけることも……」

エヴァと過ごした二年間と半年ほど。本当に毎日が楽しかった。

夢は違うけど、同じような志を持った人と一緒に過ごす日々は、いつも刺激的で勇気をもらえて……本当に最高だったんだ！

それに苦しい時は、いつも助けてくれて――。

だからこそ、エヴァと一緒に夢を叶《かな》えたかった。

夢を叶えたあとも、その先の道をエヴァと一緒に歩みたかった。

エヴァ・スミスはそれくらい大切な仲間なんだよ！

「……だ、だから……エ、エヴァともう……い、一緒にいられないなんて……」

泣きそうになるのを必死に我慢する。

ダメだよ、私。こういう時は、笑顔で別れるべきなんだ。

アメリカに来る前も、我慢できたよね。だから今回だってできる。

エヴァが気持ちよく帰れるように、笑わないと。

「……はぁ。しょうがないわね」

必死に笑おうとしている私を見て、エヴァはため息をついた。

そりゃそうだよね。こんな私、みっともないよね。

そんなことを思っていると、エヴァはカバンからある物を取り出した。

「これ、預かっておいてくれる？」

差し出されたのは——青のパーカーと『Ｂａｎｇ』という文字の形のヘアピン。

『ショットガン・ナウル』の撮影の時に、私が衣装として身に着けていたものだ。

そして、エヴァがケイコさんからもらった大切な物。

「……え？　どういうこと？」

「いま言ったでしょ？　預かっておいてって」

困惑していると、エヴァがもう一度言った。

けれど、やっぱり意味がわからない。

パーカーとヘアピンを預かっておいてって……。

「アタシね。夢を諦めるつもりはないから」


エヴァの言葉に、私は驚いて言葉が出なかった。

いまなんて言った？　エヴァが夢を諦めないって……。

「地元に戻って働きつつ、もう一度パパを説得して、脚本家を目指すのよ」

まだ動揺している私に、エヴァははっきりと話してくれる。

……そっか……そっか！

「じゃあエヴァは夢を諦めないんだね！」

「さっきからそう言ってるじゃない。まあ全部レナのおかげだけどね」

「えっ……私のおかげ？」

私が訊《き》き返すと、エヴァは小さく頷《うなず》いた。

「『ショットガン・ナウル』の撮影で、最後のレナの凄《すさ》まじい演技を見て、思わされたの。

アタシはやっぱり夢を諦めることができないって。レナみたいな自分の全てを捧《ささ》げるような演技をするような役者と一緒に物語を作りたいって、そう思ったのよ！」

エヴァはウィンクしながら、カッコよく伝えてくれる。

私の演技で、エヴァの心を動かせたのかな……それなら本当にすごく嬉《うれ》しい。

「でも、私はまだハリウッド女優でも何でもないけどね」

「レナならきっと夢を叶《かな》えられる。アタシはそう思ってる」

エヴァがなんの迷いもなく、はっきりと言ってくれる。

不思議だなぁ。彼女にそう言われるだけで、勝手に自信が湧いてくる。

「だから色々ちゃんとしたら、いつかレナに会いにいくから。それまでこのパーカーとヘアピンは持っておいて。いわゆる約束を破らないための人質みたいなものね」

「人質って……それにこのパーカーとヘアピンって大事なものなんじゃ……」

「大事なものじゃないと人質にならないでしょ。あとレナなら大切にしてくれそうだし」

エヴァはそんな風に言ってくれる。

きっとこの人質は、彼女の覚悟の証《あかし》みたいなものなんだろう。

それなら――。

「……わかった。人質はこちらで大切に預かっておきます！」

私はパーカーとヘアピンを大切に受け取る。

それにしてもカッコいいパーカーとヘアピンだなぁ。

今度、似たようなもの、どっかのお店で探してみようかな。

「じゃあ、そろそろ行くわね」

呑気《のんき》なことを考えていたら、エヴァがそう言い出した。

そんな彼女は少し寂しそうな表情をしてくれている。

また会うって約束をしたばかりだけど、私も同じ気持ちだからすごくわかる。

……でも、きっとこれ以上、余計な言葉はいらない。

だって、エヴァは夢を諦めないって伝えてくれて、また会うって言ってくれて、それだけで充分だから。

だから――。

「エヴァ、またね！」

「ええ！　またねレナ！」

こうして私とエヴァは別れた。

――二人とも笑顔で、ね！

○エピローグ

エヴァと別れてからも、当然ながら私は夢を目指し続けた。

映画祭で特別女優賞は受賞したものの、メディアとかからはヴィクトリアが女優賞を受賞したことと『ハッピーライフ』が最高賞を受賞したことばかり注目されて、私の演技については全くといっていいほど触れられなかった。

同じく『ショットガン・ナウル』についても。

だから『ショットガン・ナウル』に関わった人たちも、残念なことにほとんど環境は変わっていない。

それでも人づてにみんな夢を諦めずに努力しているって聞いて、そんな彼らに私も励まされて、より一層ハリウッド女優になってやるって気持ちが強くなった。

そんな感じで、私は以前と変わらず語学学校、アルバイト、舞台、演技のレッスン、オーディションを繰り返す日々を送り、ちゃんと〝よく考えること〟もして――。

エヴァと別れた日から、約二年の月日が流れた。

「あぁ～緊張するなぁ」

とある会場の舞台裏。私はそわそわしながら一人で呟《つぶや》いていた。

実は今からすごく緊張することがある。……上手《うま》く話せるかな。

そんな不安を抱いていたら、不意にスマホが鳴った。

見てみると、咲《さき》からのメールだった。

『今度、ドラマの準主役に選ばれたわ。あと一応、ゴールデン』

いきなりのメールに私はびっくりする。

ゴールデンって、めっちゃすごいじゃん！

『めっちゃすごいじゃん！　いいね！』

『ありがとう。別に自慢とかじゃないんだけど、レナには一番に伝えておきたかったの』

思ったことをそのままメールすると、ちょっと照れる返信がきた。

『出ましたツンデレ。そんなに私のことが好きかぁ』

『はいはい、うるさい。それにこんなのレナの前では自慢にならないからね』

『なんでさ！　すごいのに！』

『気を遣わなくていいのよ。まさかレナが本当にハリウッド女優になっちゃうなんてね』

そんな咲の返信に、どう返そうかちょっと迷う。

『正直、ずっと夢だったとはいえ、私もびっくりしてるよ』

そう。私はついに夢を叶《かな》えてしまった。

半年くらい前の『フリーダム』という映画のオーディションになんとか受かって、私は念願のハリウッドデビューを決めたんだ！

それからとんでもない緊張感の中、撮影をして、なんとか撮り終えて、そのあとに他の作業も終わって——たったいま私はデビュー作の舞台挨拶の会場に来ている。

私は咲《さき》と幾つかメールのやり取りをしたのち、今後もお互い頑張ろうって伝えあって、メールを終えた。

さて、今から会場に来ているお客さんに向かって話さないといけないんだけど……何を話したらいいんだろう。……はぁ。こういう時にエヴァがいたら心強いのになぁ。

「どうかしたの？　レナ」

不意に声が聞こえて振り返ると——そこにはエヴァがいた。

青のパーカーと『Ｂａｎｇ』という文字の形のヘアピンを身に着けて。

「エヴァ！　ねえ舞台挨拶ってなに喋《しやべ》ったらいいの？」

「えっ、そんなの知らないわよ。アタシだって初めてだし」

「ダメだ。エヴァも頼りにならない」

「ちょっと。さらっとムカつくこと言わないで」

ぷんすかするエヴァ。ちょっと可愛《かわい》い。

「それにしてもさ、まさか本当にエヴァと一緒に夢を叶《かな》えられるなんて思わなかったよ」

「そう？　アタシはアタシさえ頑張ればイケると思ってたけど。レナはアタシのことを信じてなかったってことかしら」

「そ、そんなことないよ！　エヴァのことはすっごく信じてた！」

エヴァは地元に帰ってから、自身が言った通り本当に父親のクルーズさんを説得して、一年かけてまた戻ってきてくれたんだ。

しかもエヴァは地元でも物語を作ることは続けていて、努力していた。

そうしてまた戻ってきて、一緒のアパートに住みながら、一緒に夢を目指していたら――エヴァの脚本がコンペで受賞して、私よりも先にエヴァが夢を叶えたんだ。

それから私はどうしてもエヴァの脚本の映画に出たくて、必死に練習をして、必死に考えて、また必死に練習をして――なんとかオーディションに受かることができた。

「ちなみにさ、オーディションに受かったのって、エヴァが優遇してくれた、とかじゃないよね？」

「こんな新人の脚本家にそんな権限あるわけないでしょ。全部、監督が決めたことよ。だからレナは実力で勝ち取ったの……って、このやり取り何回目よ」

エヴァはちょっと呆《あき》れたような反応をする。

……だって心配なんだもん。

「安心しなさい。レナの演技は本当に最高だから」

「……ありがとう」

エヴァの真っすぐな言葉に、私はキュンとしてしまう。

彼女は私を惚《ほ》れさせるつもりなのか！

そこでふと日本にいる彼のことを思い出す。

……桐谷《きりたに》くん。君はどうしてるかな？　夢を叶《かな》えてるかな？

ううん、きっと叶えてるよね。

だから、私からも伝えるよ。

私ね、夢を叶えたよ！

「エヴァが作ったお話にまた出られて、本当に最高だよ。しかもそれがハリウッド映画なんて」

「アタシも、レナがアタシの物語に出てくれて最高の気分よ。しかもそれがハリウッド映画なんてね」

二人して似たようなことを言いながら——笑い合う。

すると、そろそろ舞台挨拶らしくスタッフに呼ばれた。

今回の舞台挨拶は、役者だけじゃなくて監督と脚本家も立つことになっている。

「じゃあエヴァ！　一緒に行こう！」

「そうね！　一緒に行きましょうレナ！」

それから夢を叶えた私たちは、一緒に舞台へ向かっていった。

◇◇◇

夢を叶えるには何が一番大切だと思う？

こう訊《き》かれた時、人々はどう答えるだろう。

類《たぐい》まれな才能？

それとも果てしないほどの努力？

確かに、才能があればあるほど夢が叶いそうな気がするよね。

努力しないよりも頑張って努力した方が、同じように夢が叶いそうだよね。

じゃあ才能がなければ、夢は叶わないの？

ただ努力さえしていれば、絶対に夢が叶うの？

夢ってどうやったら叶《かな》えられるんだろう。

夢を叶えるためだけに海を渡って、夢を叶えるためだけに日々を送っていた私はそんな風に悩んだことがあった。

でもね、色んな人たちと関わって、色んな経験をしていくうちにわかったんだ。

夢を叶えるために必要なことはね――〝よく考えること〟だよ。

自分はどういう目的で努力をしているのか。何を身に付けたくて努力しているのか。自分に足りないものは何なのか。そのためにどういう努力をするべきなのか。

そうやって考えて、考えて、考え続けることが大切なんだ。

考えなしに努力してもそれは何もしていないのと同じ。そんなことをしたら才能がある人でも夢を叶えられないかもしれない、

逆によく考えて努力すれば、たとえ才能がない人でも夢を叶えられるかもしれない。

じゃあ夢を叶えるために一番大切なことは〝よく考えること〟なの？

実はね、それも違うんだ。
もちろん〝よく考えること〟もすごく大事なことだけど、それよりもさらに大切なことがあるって気が付いたんだ。
私の大切な仲間の一人が、どんな絶望的な状況になっても、必死に立ち上がる姿を見て――気づいたんだよ！

夢を叶えるために一番大切なことはね――〝諦めない気持ち〟だよ！

『フリーダム』
助演：七瀬《ななせ》レナ
脚本：エヴァ・スミス

『あとがき』

初めまして。以前から私の作品を読んで下さっていた方はお久しぶりです。三月《みつき》みどりです。

この度は『グッバイ宣言』『シェーマ』『エリート』『TAMAYA』に続いてChinozo様のボーカロイド曲ライトノベル、第五弾の『ショットガン・ナウル』の著作をさせていただき大変光栄に思っております。

今作は夢を叶《かな》えるために大切なことが書いてあります。

きっと夢を叶えた人はみんなそれを必ずやっていたり、それを必ず持っています。

そして、もう一つ私から言えることは自分には才能がないと思ってしまっても、夢を追うことを諦めなくてもいいということです。

たとえ才能がない人でも、才能がない人なりの武器や戦い方が必ずあります。

じゃあどうやってそれを見つけるのか——それは今作の中に書いてあります。

また夢を叶えようとすると、必ず自分の弱さと向き合う場面が何度も来ます。

その時、一回一回自分に言い訳をせずちゃんとその弱さと向き合わないといけません。

苦しいと思いますが、そうしないと夢に近づくことはできませんから。

逆に苦しい思いを何度も乗り越えた先には、きっとレナちゃんやエヴァちゃんのように夢を叶えられると思います。たとえ自分に才能なんてものがなかったとしても。

最後となりますが謝辞を述べさせていただきたいと思います。

Ｃｈｉｎｏｚｏ様。Ｃｈｉｎｏｚｏ様のレナちゃんのアメリカでの話を書くのはどうか、というご提案によって、またレナちゃんの物語を書くことができました。とても良い物語になったと思います！　ありがとうございます！

アルセチカ様。今作もめちゃめちゃ可愛《かわい》いイラストを描いてくださり、ありがとうございます！　特にヴィクトリアちゃんとエヴァちゃんは想像していた以上に良い意味でキャラクターの個性が見えて、本当に最高です！

担当編集のＭ様。執筆中にたくさん助けていただきありがとうございました。Ｍ様のお力添えのおかげで、クオリティが何倍も良くなったと思っております。

出版に関わっていただいた全ての皆様、そしてなにより、今作を手に取って下さった読者様に心から感謝を述べたいと思います。本当にありがとうございました。

それではまたどこかでお会いできる機会があることを心から願って——。

ショットガン・ナウル

2023年10月25日　初版発行
2024年8月30日　6版発行

著者　三月みどり
原作・監修　Chinozo
発行者　山下直久
発行　株式会社 KADOKAWA
〒102-8177 東京都千代田区富士見2-13-3
0570-002-301（ナビダイヤル）
印刷　株式会社 広済堂ネクスト
製本　株式会社 広済堂ネクスト

Printed in Japan　ISBN 978-4-04-682989-4 C0193

◇◇◇

【ファンレター、作品のご感想をお待ちしています】
〒102-0071 東京都千代田区富士見2-13-12
株式会社KADOKAWA　MF文庫J編集部気付「三月みどり先生」係　「アルセチカ先生」係　「Chinozo先生」係